1
Bunzaburou Nagano
長野文三郎
Illust. すざく
JN250077
覚醒したら世界最強の魔導錬成師でした
SEKAI SAIKYO NO MADO RENSEISHI
錬金術や治癒をも凌駕する力ですべてを手に入れる

メリッサ
特殊部隊や騎士からなる実力派チーム『黒い刃』を率いる女性。氷冷魔法の遣い手で、「氷の鬼女」と呼ばれている。クールで無表情だが、セラの前では少し感情豊か。
リタ
腕利きの女剣士。ダンジョン攻略中、仲間に見捨てられて瀕死のところをセラに助けられ、一緒にチームを組む。スタイル抜群で美人だが、顔に似合わず脳筋キャラ。
セラ・ノキア
事故で異世界に転生した元日本人。役立たずと呼ばれていたが「魔導錬成師」になって生活が一変する。いつかエルドラハを出ていくことを夢見て、仲間たちとチームを結成する。

CHARACTER
キャラクター紹介

シド
セラの友人兼親代わり。若い頃は腕のいい斥候だった。セラのスキルによって体が若返り、チームに参加する。
ララベル・グランダス
エルドラハの監獄長グランダスの娘。言葉遣いは荒いが素直な性格で、傷を治してくれたセラに懐いている。
ミレア・クルーガー
伝説のソロプレーヤー。迷宮の呪いにかかりヴァンパイアになってしまったが、本人は意外と気に入っている。

世界説明

[エルドラハ] ―― 砂漠の真ん中にある収容所。囚人である住人は地下の迷宮で魔結晶を集めて生活している。

[エブラダ帝国] ―― エルドラハを管理している大国。囚人たちに魔結晶を集めることを義務付けている。

[グランベル王国] ―― セラの両親やメリッサ達の故郷。エブラダ帝国に滅ぼされた。

「アンタ達、セラとどういう関係？・」

（なんなんだ、この状況…）

「わ、私はその、相棒よ!!」

「私は……許嫁《いいなずけ》だ」

「「「えっ!?」」」

覚醒したら世界最強の魔導錬成師でした

錬金術や治癒をも凌駕する力ですべてを手に入れる

1

Bunzaburou Nagano
長野文三郎
Illust. すざく

SEKAI SAIKYO
NO MADO
RENSEISHI

目次

プロローグ

世の中には自分ではどうしようもないことがある。十五歳にして僕はそう悟った。いやね、死んじゃったんだよ、事故で。しかも誕生日にだよ。あっという間の出来事だったから自分でもよくわからないんだけど、どうやら下校途中でトラックに轢《ひ》かれたようだ。気が付けば僕は長い廊下のようなところにいた。

色彩の乏しい世界だった。白い壁に白い天井、白い床が真っ直ぐに長く伸びている。廊下の向こうに人がいたので、僕はそちらの方へ歩いて行った。

「お疲れ様です。……結城隼人《ゆうきはやと》さん」

その男は職員室で見たような事務机の前に座り、書類を眺めながら僕の名前を呼んだ。そう言えば教頭先生になんとなく似ている。中肉中背で特徴のないところが特に。

「ここは死後の世界です。わかりますか？」

「はあ……」

自分が死んでしまったという自覚はあったので力なく頷いた。どういうわけか悲しみとか現世への執着とかはなくなっている。

プロローグ

「貴方《あなた》にはさっそく次の世界へ転生してもらいますが……あれ、途中転生か……」

男の人はブツブツと言いながら書類をめくっている。次の世界へ転生というのは小説や漫画で読んだように、別の世界で生まれ変わるということなのだろうか？　でもただの転生ではなさそうだ。

「あの、途中転生というのはなんですか？」

僕の質問に、男の人は面倒そうに書類から顔を上げた。

「急な案件でしてね、十歳の少年の肉体に転生してもらいます」

「どうしてまた？」

「複雑な事情があるのですよ。丁寧に説明していたら三日三晩かかります」

「かいつまんで言うと？」

「いろいろな人が困って、苦情が殺到します」

大人の事情があるわけだ。まあ僕はちっちゃな頃から優等生、そこらへんは素直に従おうと思う。だけど必要な情報はここで仕入れておきたい。

「えーと……あなたは神様？」

そう訊くと男の人は小さく笑った。

「創造神のために働いてはいますが、私はシステムの一部にすぎません」

よくわからないけど神様とかそういう存在ではないようだ。ＡＩみたいなものかな？　便宜的にシステムさんと心の中で呼ぶとしよう。

目の前にいるのが神様じゃないとわかってホッとした。これで気兼ねなく質問をぶつけられるというものだ。まだ書類を眺めているシステムさんに訊いてみた。

「僕はどんな世界へ行くのでしょうか？　それとどんな人間に生まれ変わるのでしょう？」

システムさんはニヤリと笑う。その表情が人間臭くてドキッとした。

「貴方の好きな剣と魔法の世界ですよ」

おお！　僕はゲームやアニメ、ラノベなんかが大好きだ。異世界転生はちょっと憧れていたシチュエーションである。

「まあ、貴方が行くのはエルドラハという砂漠の収容施設ですけど」

「収容施設⁉」

なんだか雲行きがあやしくなってきたぞ……。

「安心してください。収容施設といっても普通の町と変わりありません。ただ町の外に出られないだけです」

「どうして町から出られないんですか？」

「何千キロもある砂漠のど真ん中にあるからですよ」

サハラ砂漠の中にあるオアシスみたいなところだろうか？　でも収容施設とオアシスでは全然違うぞ。

「エルドラハでしたっけ？　そこで僕は何をすればいいんですか？」

「エルドラハの地下にはダンジョンが広がっていて、そこには魔力が結晶化したものが落ちています。それを拾い集めて生活してください」

「他には？」

「他に、と言われましても……、人生の目的はそれぞれですから」

たしかにそんな気はする。次の質問をしてみよう。これもかなり大切なことだ。

「十歳の少年の肉体に転生するという話ですが、どんな子なんですか？」

健康状態や容姿、親の財産で人生は大きく変動する。どうせならイージーモードがいい。

「超が付く銀髪の美少年です。親はグランベル王国という国の伯爵です」

思わずガッツポーズをとってしまった。これぞ、ザ・イージーモード！　フツメンから超美少年へのランクアップ。しかも親は貴族。理想的な異世界転生じゃないか！

「といってもグランベル王国はエブラダ帝国に滅ぼされましたけどね。貴方の両親は砂漠の収容所に送られ、貴方はそこで生まれるのです」

おいおい、雲行きがあやしいどころじゃない、嵐になっていますよ!?　イージーモードどころか、かなりのハードモードの予感がしてきた。だけどまだ希望を捨ててはダメだ。異世界転生といえば恒例のアレがあるじゃないか。そう、チート能力というやつだ。転生するにあたり常人とは異なる力が得られたりするアレですよ。

「えー……僕は特別な能力を手に入れたりしますか……？」

おそるおそる尋ねると、システムさんはしっかりと頷いてくれた。

「貴方は魔導錬成師という特別な固有ジョブに就きます。与えられるスキルも強力なものが多いですよ」

「それを聞いて安心しました！　よかったー。説明を聞いたときはどうなるかと思いましたけど、そんな力があるのなら安心ですね」

「はい。ただ、固有ジョブが開花するのは貴方の魂が現地に馴染む三年後です。それまでに死なないようにたゆまぬ努力をお願いします。貴方が死ぬと次の候補者を送り込まないといけませんので」

やっぱりハリケーンが吹き荒れている！

「固有ジョブに就くまでもう少し早くなりませんか？」

「無理です」

あっさり⁉

「それから、貴方が送り込まれる段階で現地の少年、セラ・ノキアは重力の呪いにかかっています」

「なんですかそれは？」

「ダンジョンのトラップに引っかかったのですよ。日増しに体が重くなる呪いです」

「ちょっと待ってください！」

「以上で説明は終了です」

無視ですか⁉

「収容所で呪いとかヤバ過ぎじゃないですか」

「それでは転生の手続きに入ります」

システムさんはクールに僕をスルーした。そしておもむろに手を伸ばして印鑑を取り上げる。

「どうか話を聞いてください！」

最後のお願いもむなしく、机の上に広げられた書類にバチコーンと印鑑が押される。その瞬間すべての照明が消されたかのように世界は暗転した。

1　砂漠の収容所

　誰かが僕の体を揺すっている。母さんが起こしに来たのかな？　もう登校の時間なのかもしれない。顔を洗って、ご飯を食べて、バスに遅れないように――。

「セラ、しっかりしろ！」

　聞こえてきたのは母さんの声じゃなくて、野太い男の声だ。セラ？　誰だろうそれは。僕の名前は……………なんだっけ？　あ、結城隼人だ。なぜか自分の名前を忘れかけていた。

「セラ、目を開けろ。死ぬんじゃない！」

　うるさいなあ……。今起きるってば、シド。

　シド？　誰だ、それは。あれ？　僕は隼人じゃなくてセラでいいのか？　なんだか二つの人格が入り混じって、記憶まで混濁してきたぞ。頭がズキズキうずくけどそのせいかな？　それにしてもここはやけに暑い。

　僕はゆっくりと目を開いた。途端に白い光が網膜を焼き付ける。なんてまぶしい太陽なんだ。

「おお、気が付いたかセラ。思いっきり頭を打っていたから心配したぞ。起き上がれるか？」

　白髪をオールバックにした初老の男が心配そうに僕を覗き込んでいる。これがシドだ。僕、セラ・ノキアの友だちで、隣の部屋に住んでいる。親のない僕にいろいろとよくしてくれる親切な人である。

「うん……ちょっとぼんやりする」

シドに手伝ってもらって僕はゆっくりと体を起こした。

視線の先では焼けた砂が地平線の先まで果てしなく続いていた。どこまでも続く砂の山と砂の谷。結城隼人にとっては珍しいけれど、セラ・ノキアにとってはうんざりするほど見慣れた景色だった。ここが砂漠の収容所エルドラハか……。緑なんてどこにもない不毛の地である。

だんだん頭がはっきりとしてきたぞ。そうだ、このエルドラハが僕のホームタウンだ。たしか僕はダンジョンから採取した魔結晶を運んでいて転んだんだ。それで頭を強く打って……。

「体の具合はどうだ？　重力の呪いがまたひどくなったみたいだな」

言われてみれば、ずっとプールに浸かっていたかのように体が重い。立ち上がるだけでも一苦労だけど、僕はなんとか起き上がって荷物を担いだ。時間内にこれを倉庫へ納めなければ食事にありつけなくなってしまうのだ。

「これくらい平気だよ。若いからねっ！」

セラ・ノキアは十歳だ。十五歳の結城隼人からさらに五歳も若返ったんだから元気なのも当然だ。体が華奢《きゃしゃ》過ぎて不安になるけど、成長期のまっさかりでもある。これからもっとがっしりしてくるに違いない。新しい世界はまだまだ不安だけどなんとかなりそうな気がしていた。

三年の月日が流れた。

なんとかなる？　そんな甘い考えでいた頃もありましたよ、僕にも。まあ、生きてはいますがね、異世界は一筋縄ではいきませんでした。過酷を通り越して地獄と言ってもいいくらいの場所ですよ、ここは。何回死にかけたか数えきれないほどだもん。

何がひどいかというと、まず環境です。しっとりとした温帯湿潤気候の日本からやってきた僕が砂漠ですよ。梅雨が鬱陶しいだの、低気圧で怠《だる》いだの言っていた前世の僕を説教したいです。そんなものは灼熱の太陽と砂嵐に比べたら楽園の味付けにすぎません。ピリ辛みたいなカワイイもんですよ。

もうね、紫外線は凶器です。肌に突き刺さります。武器と言っても差し支えありません！住環境だって最悪です。砂岩でできた掘っ立て小屋に比べれば、かつて住んでいた築二十五年のマンションは王侯貴族の宮殿でした。

それからご飯。まず過ぎです！　僕は飽食の国ニッポンで生まれたんですよ。寿司、天ぷら、すき焼きなんて贅沢は言いません！　でもまともな塩すらないのは辛過ぎます。あるのは日持ちのする麦や野菜や豆くらい。ご馳走は食料となる魔物の肉でございます。そんな魔物の肉だって火炎魔法で焙《あぶ》るだけの料理ですよ。あれが料理？　もう信じられない！　ああ、ママンの唐揚げが懐かしい！

ふう……、愚痴を言い出したら興奮してしまったよ。このように新しい世界は問題ばかりなのだ。でもね、いちばん大変なのは重力の呪いなんだ。この呪いは月日を追うごとにひどくなっている。

おんぶした子泣きじじいがゆっくりと成長していく感じと言えばわかってもらえるだろうか？　成長とともに僕の体力も上がっているはずなんだけど、呪いの効果はさらに上をいっている。最近では歩いただけで息が切れ、走るなんてとてもできないありさまだ。

それでも僕にだって生活がある。生きていくためにはご飯を食べなければならない。ここに送られてくる囚人は街の地下に広がるダンジョンに潜り、魔結晶を採ってくるのが基本的な生活スタイルだ。

魔結晶とは何かって？　それは土中の魔素が結晶化したもので、魔導具や魔法薬の材料になるエネルギーの塊だ。ダンジョンでは床や壁に露出していることが多い。僕たち囚人はこの魔結晶を拾ってくるよう、エブラダ帝国に義務付けられている。ダンジョンには危険な魔物がうようよいるけど、ストライキなんてもってのほかだ。ほら、今日も監獄長のダミ声が拡声器から聞こえてきた。

《聞け、クズども！　ここのところ魔結晶の採取率が下がっている。これもひとえにお前たちのなまけ心が原因だ！　もっと気合を入れて採取に励め、わかったかあ！》

いまだって限界まで頑張っているというのに無茶を言いやがる。でも監獄長グランダスには誰も逆らえない。身長三メートルはある巨体の持ち主で、この収容所を牛耳っているのが奴だ。それに、ダンジョンから魔結晶を持ち帰らなければ今夜食べる物にさえ事欠くのだ。というわけで、今日も僕はダンジョン入り口前の広場までやってきている。これから僕はポーターとして魔結晶の採取に出かけるのだ。

「セラ、本当に行く気か？　今日は休んだ方がいいんじゃないのか？」

見送りに来たシドが心配そうに訊いてくる。シドの太ももには包帯が巻かれ、うっすらと血がにじんでいた。三日前に地下へ潜ったときに魔物に襲われて傷を負ってしまったのだ。かつては腕のいい斥候《スカウト》だったそうだけど、今ではすっかり年を取って、昔の勘も鈍っているらしい。

「大丈夫、走るのは難しいけど、荷物持ちくらいならできるから。しっかり稼いでシドの分の食べ物も手に入れてくるよ」

シドには返しきれないほどの恩がある。こういうときこそ役に立ちたい。

「すまねえ、セラ。俺がドジを踏んじまったばっかりに……」

「気にしないで」

怪我をしたシドのためにも魔結晶を手に入れて、食べ物と交換しなくてはならないのだ。それに今日は待ちに待った僕の誕生日だ。この世界に来るときにシステムさんは言った。三年経って魂がこの世界に慣れたら固有ジョブが与えられるって。いよいよその日がやってきたのだ。

「てめえら、準備はできているか？　今日もしっかりと働けよ」

チームリーダーのピルモアが大声を上げた。ケチで優しさの欠片《かけら》もない嫌な奴だけど、一緒に行動しないわけにはいかない。

地下に潜るときはチームを組むのが一般的だ。恐ろしい魔物に対抗するには一人では限界がある。力のある者は戦い、多くの魔結晶を手に入れる。僕みたいな力のない子どもは荷物持ちなどをして、ほんの少しの魔結晶を分けてもらう。

せめて僕にもみんなのように固有ジョブがあればもう少し戦えるのかもしれない。シドが斥候《スカウト》の固有ジョブを持つように、この世界に生きる人は誰もがジョブを持っている。戦士、治癒師、泥棒、市民、石工、各種魔法使い、執事、下男、陶器職人、などなど、世の中には様々なジョブが溢れている。

誰だって固有ジョブがあり、それにともなうスキルを持っている。スキルとはジョブを助ける特殊能力だ。戦士だったら身体能力を上げるスキル、治癒師だったら治癒魔法などがそれにあたる。大抵は生まれた直後から八歳くらいまでに固有ジョブは決まるらしい。僕は十三歳になるけどいまだに無職だ。

ジョブっていうのは決まるのが遅いほどすごいのがもらえるんだぜ。だからお前さんはそのうちとんでもないジョブに就くさ、シドはいつもそう言って慰めてくれた。僕のジョブは魔導錬成師らしいけど、じっさいのところどれほどの能力があるのだろう？　名前的には期待できそうだけど、しょぼいものしか作れない外れ枠ってことはないよね？　それに、たとえジョブを授かっても重力の呪いがある。心配の種は尽きないのだ。

僕は気分を変えるために、中央棟の上に浮かぶ飛空艇を眺めた。大きなプロペラを四つつけた空飛ぶ船はエルドラハと外界を繋ぐ唯一の手段だ。砂漠を越えられる飛空艇は新しい囚人と必要物資を運び込み、魔結晶を外の世界へ持ち帰る。

僕の夢は、いつかあの飛空艇に乗ってエルドラハを出ていくことだ。これ以上ここにいたら閉塞感で死んでしまいそうだもん。

「夢を見るのは悪いことじゃねえ。だが、上ばっかり見ていると足をすくわれるぜ」

シドが僕の耳元でささやく。どうやら僕の心を見透かしているようだ。

「夢くらい見るさ。子どもだもん」

前世の年齢を付け加えたって、まだ十八歳だ。シドは少し悲しそうな、それでも嬉しそうななんとも言えない表情になった。

「人間はデザートホークにはなれねえんだぜ……」

デザートホークは砂漠を渡る鷹だ。彼らは何千キロも飛んで大陸の隅々まで行くことができる。

「野郎ども、出発するぞ！」

ピルモアが大声で命令を下した。

「いってくるよ」

「ああ、だが無茶をするんじゃないぞ。なんとしてでも生き残れ」

僕だってまだ死ぬつもりはない。せっかく転生できたんだ。もう少しくらいこの世界を楽しんでみたかった。

◇

ピルモアのチームは総勢二十四人だった。いつも同じメンバーというわけではなく、助っ人やポーターなんかはそのつど雇っている。ピルモアは強いけど人望がないから、固定メンバーになる人は少ないのだろう。

僕だってわざわざピルモアのチームに入りたいなんて思わない。あんな嫌な奴と付き合うのは、仕事じゃなければ絶対にごめんだ。それこそブラック企業に勤めるようなものだと思う。

「あなた、セラとかいったわね。ひどい顔色をしているけど大丈夫？」

戦士のお姉さんが僕を気遣ってくれた。この人はたしかリタと呼ばれていたな。赤髪の元気な人で、戦闘力もかなり高い。ピルモアの仲間というわけではなく、臨時の助っ人としてこのチームに参加している。こうやってポーターの僕を気遣ってくれるくらいだから優しい人なのだろう。生き生きとよく動く黒い瞳が印象的だった。

「うん、少し体が重いだけだから……」

本当は歩くのも辛いくらいだけどやせ我慢だ。ステキな女の人の前ではカッコつけたい思春期の僕である。

「そう？　ほら、水を飲んで。少しは体調がマシになるから」

リタは自分の水筒を僕に渡してくれた。辛いときだからこそ人の優しさが身に染みる。惚れてしまいそうだ。リタの言う通り、ちょっと水を飲んだだけで少し体が楽になった気がした。

「ありがとう。なんだか力が出てきたよ」

「それはよかったわ」

笑顔がかわいい。癒されるなあ……。

「リタは優しいんだね」

「ま、まあこれくらいは……」

リタは顔を赤らめ、そっぽを向いてしまった。照れ屋さんでもあるらしい。

「おいおい、なにをさぼっていやがる！」

せっかくいい感じだったのに、やってきたのはチームリーダーのピルモアだ。いかつい体を左右に揺らしながら周囲を威嚇して歩いている。動物や魔物の示威行動みたいだ。そうやって自分を大きく見せようとしているのだろう。

「こら、セラ。役立たずがなにを突っ立っている⁉」

「やめろ、ピルモア。私が水を飲ませていただけなんだから」

僕を殴ろうとするピルモアをリタが止めに入ってくれた。ピルモアという奴は周囲に威張り散らすことがカッコいいことだと感じているようで、いつも弱い者いじめをしている。

「まったく……お前みたいなウスノロは使ってもらえるだけありがたく思えよ。ところでリタ、例の話は考えてくれたか？」

「なんのこと？」

「このチームの常駐メンバーにならないかって話だよ。リタの実力なら申し分ない。俺はチームのナンバーツーにしてやったっていいと思っているんだ。なんなら俺の女にしてもいい」

ピルモアはエッチな目でリタの大きな胸のあたりを見た。リタは美人だしスタイルも抜群だ。でもあんなにいやらしい目で見たら嫌われちゃうと思うけどな……。ほら、露骨な視線にリタが顔をしかめているぞ。

「その話なら前に断ったでしょう。今はどこのチームにも入りたくないし、男も要らないから」

「そう言うなよ。俺の女になれば楽ができるぜ。相手がリタなら結婚だって考えたっていい」

言いながら、ピルモアはリタの腰に手を伸ばす。ここは収容所だけど、基本的になにもかもが自由だ。囚人が結婚だってできるのがエルドラハという場所である。だけど、リタはピルモアの伸ばした手をピシャリと払った。

「悪いけど、危険な地下ダンジョンで女を口説くような奴に興味はないわ。油断していると死ぬよ」

「おい、俺は本気なんだぜ。少しは真面目に考えてくれ」

「アンタがこの子くらい礼儀正しかったら考えるくらいはするんだけどね」

リタは僕の頭に手を置いた。

「チッ、後悔しても知らないからなっ！」

リタに冷たくあしらわれて、ピルモアは舌打ちしながら去っていった。

「後悔なんてするもんか、最低男が……」

リタは吐き出すようにつぶやく。リタもピルモアが嫌いなようだ。

「ところで、リタ」

「ん、どうしたの？」

「僕が付き合ってって頼んだら了承してくれるの？」

「へっ？」

しばらく時間がかかったけど、リタはやっと僕の言った言葉の意味を理解したようだ。急にワタワタしだしたぞ。

「な、何を言ってるの。あれは言葉のあやみたいなもので……。それに、セラはずっと年下なのに……」

精神的にはそんなに変わらないと思うけどな。リタの方が少し年上くらいだろうか？

「冗談だよ。でも、かばってくれてありがとう。おかげで頑張れそうだ」

「そ、そう？　だったら……よかった……」

リタはかなり純情な一面を持っているようだ。とはいえ十三歳の少年と付き合うとかはないだろうな。地球で言ったら女子高生か女子大生が男子中学生と付き合うようなもんだもんね。まったくあり得ないことじゃないだろうけど。

◇

チームは順調に地下道を進んだ。途中で何体か魔物が襲ってきたけど、死者を出さずに撃退している。特にリタは強くて、戦士の名にふさわしい力強い技を連発してチームを守っていた。戦女神《いくさめがみ》というものが本当に居るのならこんなふうなのだろうか？

下段から振り上げる剣の冴え、華麗な足さばき、困難な状況にも対処できる即応力、どれをとっても群を抜いている。戦闘中だというのに、その一挙手一投足に見とれてしまったほどだ。

僕は戦闘ではいいとこなしだったけど、他のことで役に立つことができた。暗闇の中で砂に埋もれかけた赤晶《せきしょう》をたくさん見つけたのだ。赤晶というのは火炎属性の魔結晶で、純粋なエネルギー源として使われたり、攻撃的な魔導具に利用されたりもする。

「ウスノロにしてはよくやった。褒めてやるぜ」

見つけた赤晶の量が多かったからピルモアでさえ上機嫌だった。昼ご飯の煮豆の量がいつもより少しだけ多かったくらいだ。でも、ちょっとばかり上手くいき過ぎているような気もしていた。みんながソワソワと落ち着かない気分でいたと思う。

魔物をうまくやっつけて、予想以上の魔結晶も手に入れた。ここで帰れば僕たちの探索は大成功だったはずだ。だけど、すべてが順調だったせいでピルモアたちに欲が出た。

「よし、このまま地下四階へ向かうぞ」

ピルモアの決定に、ポーターたちの間に動揺が走った。ダンジョンは地下へ行くほど良質な魔結晶がたくさん採れる。だけど深部へ行けば行くほど、出現する魔物も強力になるのだ。僕はただのポーターだけど、七歳のときからダンジョンで働いているからよくわかる。このチームで地下四階へ行くなんて、魔物の餌になりに行くようなものだ。

「無理だよ、ピルモア。人数が少な過ぎる」

思わず反対の声を上げてしまった僕をピルモアは無言で殴りつけてきた。容赦のない一撃に僕の小さな体は吹っ飛んでしまう。

「弱い奴はこれだから嫌になる。お前が役立たずのウスノロでも俺たちは違う。ちゃんと魔物を撃退できるんだ！　ポーターのくせにつべこべ言うな」

チームの固定メンバーはピルモアの言葉に納得しているようで、よく考えもせずにウンウンと頷いている。そろいもそろって現実を認識できない奴らが集まったものだ。だけどリタが反対意見を言った。

「私はいやだよ。セラの言う通りさ。今の戦力で太刀打ちできるほど地下四階の魔物は甘くない」

「なんだ、リタまでビビっているのか？　安心しろ、お前のことは俺が守ってやるからよ」

すかさず周囲の男たちが囃《はや》し立てた。

「ヒューヒュー！　ピルモアがサラッと告白してるぜ！」

「俺たちの実力だって上がってきているんだ。地下四階だって怖くない」

「そうさ、これだけのメンバーがそろっていれば問題ないぞ」

僕に言わせれば問題だらけだ。地下四階に行くには準備と経験が必要である。僕も強力なチームのポーターとして数回潜ったことがあるけど、魔物の強さが段違いなのだ。ピルモア程度がリーダーでは全滅の恐れだってある。リタもそのことはよくわかっているようだ。

「アンタと心中なんて絶対いやだからね。このまま地下三階を探索すべきだと思う」

「強情な女だぜ……。だったら一人で戻れよ。他の奴らも同じだぜ。帰りたければ勝手に帰れ！」

そう言われてしまうと、リタも僕もなにも言い返せなかった。いくらリタが強くたって、一人で地上に戻れるほどダンジョンは甘くない。ましてや、ジョブもスキルもない僕には無理な話なのだ。ぬぐい切れない不安はあったけど、僕もリタも地下四階への階段を下りるしかなかった。

　地下四階は宝の山だった。入ってすぐに珍しい黄晶や緑晶をいくつも見つけたくらいだ。黄晶は地の魔力を、緑晶は風の魔力を含んでいて、魔法薬や魔導具作りには欠かせない魔結晶だ。

「幸先がいいぜ。これなら黒晶や白晶だって見つかるかもしれないぞ」

「いやいや、ひょっとしたら金晶や銀晶だってあるかもしれやせんぜ！」

「そいつはいい！」

　ピルモアたちがはしゃげばはしゃぐほど僕の不安は大きくなった。

　黄晶と緑晶の採取を終えるといったん休憩することになった。適当な小部屋に入り、入り口を封鎖すれば簡易の安全地帯ができあがる。地下三階に下りてから戦闘はなかったけど、ずっと緊張の連続でピルモアたちも疲れたようだ。それに地下深くに来たせいでダンジョン内の気温も下がり、今は夜のように冷えている。

　重力の呪いのせいで僕もクタクタだったけど、休憩時のポーターは忙しくなる。

「おい、ウスノロ、さっさとお茶を淹《い》れろ」

　ピルモアがぞんざいに命令してきた。このような場合、当然のようにポーターのお茶はない。戦闘ができない者にそんな贅沢は許されないのだ。もしも僕がリーダーだったらそんな不公平はしないのにな……。戦闘要員だってポーターだって、全員が同じチームの仲間だと思う。東北のマタギは新人であろうがベテランだろうが利益を均等に分けたそうだ。元日本人としてはその精神を見習いたい。

できあがったお茶をリタのところにも運んだ。

「はい、ミントティーだよ。熱いから気を付けて」

「ありがとう。セラの分は？」

「ピルモアのチームではポーターの分は出ないよ」

「そう……」

立ち去ろうとする僕の腕をリタが引っ張った。

「セラも座って少し休みなよ」

リタはポンポンと自分の隣を手でたたく。ここに座れってこと？　お茶も全員に配ったしやることはない。僕は言われたとおりにリタの横に座った。

「ほら、これをどうぞ」

リタは自分のカップを僕に手渡してきた。

「でも……」

「子どもが遠慮しないの。ここからはさらに緊張が続くはずだよ。生き残りたかったら、少しでも栄養をつけておいた方がいい。いざというときは全力で走って逃げるんだよ」

ミントティーは砂糖がたくさん入っていてとても甘い。エルドラハで砂糖は貴重品だから、滅多に口にできない。甘いものを飲むだなんて久しぶりのことだった。

「ありがとう、リタ。でも、どうしてこんなに親切にしてくれるの？」

「それは……ひとめぼれ♡」

「お米ですか？」

「はっ？」

「ごめん、なんでもない」

異世界ジョークは通じない。

「って言うのは冗談で、借りを返すために決まっているじゃない」

「借りって何のこと？」

「憶えていないの？　私は二年前にセラに助けられているんだよ。魔物に後ろから襲われたときにポーターだったセラが身を挺《てい》してかばってくれたの。こんなに小さな子なのに勇気があるんだなって、感心したんだぞ」

「うーん……ぜんぜん覚えてない」

二年前となると今より重力の呪いがひどくない頃だ。まだ、体が動いたんだろうな。

「ある意味でひとめぼれは間違いじゃないかもね。あのときのセラは子どものくせに、すっごくカッコよかった」

「そんな……」

「そろそろ出発するぞ！」

ピルモアが大声を張り上げたので、僕らの会話は中断されてしまった。とっても恥ずかしくて、どう答えていいのかわからなかったから、なんとなくピルモアに感謝する形になってしまった。だけど三分後、僕はピルモアに感謝したことを激しく後悔する。こいつはやっぱり最悪の奴だったのだ。

リタと別れて、自分の荷物のところへ戻った。体は相変わらず重たかったけど、ミントティーのおかげで元気は出ている。なんとか重い荷物を持ち上げて、小部屋の入り口を出たところでピルモアに声をかけられた。他の人はすべて準備を終え、通路で警戒態勢をとっている。

「おい、ウスノロ。忘れ物をしたからついてこい」

嫌な予感しかしないけど、ピルモアはこのチームのリーダーだ。命令には逆らえない。

ピルモアに続いて小部屋に戻ると、いきなりみぞおちを蹴り上げられた。ブーツがきしむほどの勢いで蹴られ、僕は上手く空気を吸い込むことさえできなくなってしまった。

「リタに気に入られているからっていい気になるなよ」

ピルモアの目は嫉妬の炎で燃えていた。

「だいたい、てめえは生意気なんだよっ！」

言いながらピルモアは床に倒れている僕に追い打ちをかけてくる。何度も腹を蹴られ、背中を踏みつけられ、最後は頭を足で踏みにじられた。

「お前はここに置いていく。もうついてくんな」

「……」

「さっきも言ったけど、帰りたいんだったら一人で帰れ。わかったな」

「……」

痛みで返事をする余裕もなかった。

「ふん、じゃあな……」

ピルモアは僕の荷物を持って立ち去り、ドアは無情の金属音を立てて閉められた。動きたくても、思いっきり蹴られて体が動かない。これはかなりヤバい状況だ。ずっと我慢してようやくジョブが得られようというときになって人生最大のピンチがやってきたのだ。

僕は体を起こして壁にもたれかかった。地上はそろそろ夕暮れだろうか？　東の水平線から星々が姿を現す時刻だろう。僕がセラとして生まれたときも、青い星がひときわ美しく輝いていたと母親が言っていた。

「痛いなぁ……」

◇

そろそろ僕がこの世界に来てまる三年の時間が経とうとしていた。

そのとき、エルドラハでは様々なことが同時に起こっていた。中天に鎮座した輝王星《きおうせい》は月光を退けるほどに発光していたし、南の空には幾千もの流れ星が降り注いでいた。地上ではエルドラハを囲む砂が奇妙な風紋を作り、半径十キロにも及ぶ巨大な魔法陣となっている。その中心に居るのがセラ・ノキアであることを知る者はいない。また同時刻に地下ダンジョンではピルモアのチームが強力な魔物に襲われてもいた。

「頭《かしら》、ルゴンがやられました！」

「クソ、撤退するぞ。煙幕と魔法を撃ちこめ！」

「それだと、いちばん前で頑張っているリタに当たっちまいますぜ⁉」

「いいからやれ！　このままじゃ共倒れだ。なびかない女に用はねえ……」

煙がダンジョンの通路を満たし、風魔法や火炎魔法の攻撃がぼんやりと光った。逃げ惑う人々の足音と魔物の咆哮は交じり合い、悲劇の曲となって石壁にこだまする。そのような異様な事態の中で、一人取り残されたセラ・ノキアはうなじのあたりが火傷《やけど》のようにうずき、激痛に身を強張らせていた。

◇

うなじに焼きごてでも当てられたような痛みが走った。それと同時に僕は白くて長い廊下にうずくまっていた。この光景には見覚えがある。そうだ、結城隼人として死んだときに来たあの場所だ。

「お疲れ様です。……セラ・ノキアさん」

顔を上げると見覚えのある人がいた。

「システムさん！」

「システム……間違ってはいませんね。その呼び方は気に入りました」

内緒の呼び名を思わず口に出しちゃったけど、怒ってはいないらしい。

これまでの苦労があったから、僕は非難めいた口調になってしまう。

「やっと三年が経ちましたけど、長過ぎですよ。何度死ぬと思ったことか」

「でもこうして生きていらっしゃる。貴方の後任を探す手間が省けたことに感謝します。魔導錬成師になれる魂は少ないのですよ」

「ついに僕にも固有ジョブが与えられるのですね」

「その通りです。ざっと体を見た感じでは、ジョブが固定しても問題はなさそうですしね」

システムさんはしげしげと僕を見てから事務机の上の印鑑に手を伸ばした。そして書類を何枚かめくってポンポンポーンと立て続けに三回ついた。そのとたんに頭の中で声が響く。

（おめでとうございます。固有ジョブ　魔導錬成師が決定しました。スキル『修理』を習得します）

「今は『修理』のスキルしか使えませんが、経験を積めば新たなスキルも発現するでしょう」

　システムさんが補足してくれた。

「修理ですか？」

「この世に存在するどんなものでもなおすことができるスキルですよ」

　夢が広がるなあ。

「素晴らしいジョブをいただいて感激です。でも、僕はそれに見合うような人間でしょうか？　教えてください、僕はどのように生きていけばいいのでしょう？」

　僕が死ぬようなことがあれば他の人物の魂を後任に充てなければならないくらい、セラ・ノキアというのは重要な人物のようだ。そんな人間として僕はどういう人生を歩んでいけばいいのか、ちっともわからなかった。

「好きなように生きてください。我々としてはセラ・ノキアが天寿を全うしてくれればそれでいいのです」

「僕の好きに？」

「そうです。貴方も他人が敷いたレールの上を進むのはいやなのではありませんか？」

　昭和のロックンローラーみたいなことを言うなあ。でも与えられた役割を演じるだけの人生はつまらない。

「エルドラハを出て行ってもいいんですか？」

「それも自由です。なんなら飛空艇を強奪してもいいですよ」

「そこまで物騒なことは考えていません」

「貴方の性格的にそれはないでしょうね」

「はい、せいぜい密航くらいです」

システムさんは小さく笑った。

「どうぞ頑張って精いっぱい生きてください。ただ、これだけは覚えておいてくださいね。よき行いにはよき報いがあるということを」

情けは人の為ならず、か……。

「頑張ります」

「貴方の道行きに幸多からんことを祈ります」


世界が暗転して、僕はダンジョンの小部屋に戻ってきた。いきなり時空を移動したから、なんだか脱力してしまったよ。でも落ち着いてくると、ピルモアに蹴られた部分が再び痛み出した。服だってあっちこっちすり切れてボロボロだ。ちょうどいい機会だから、さっそくこの服を『修理』のスキルで直してみようかな。

生地のほつれた部分に指を当てると、服の構造が頭の中に入ってきた。単に材料とか縫製とかいうことだけじゃなくて、もっと細かいところ、存在の根源的な部分を悟ったって感じがする。すると、どこに自分の魔力を送ればいいのかが理解できた。

「『修理』って、そういうことか……」

魔力を流し込むと、ボロボロだった服が光り輝き、新品のようになってよみがえった。汚れもすっかり分離されて、手に入れたときよりも綺麗なくらいだ。

「すごい……。いててっ！」

修理の能力に感動していたけど、体の痛みで現実に引き戻される。ピルモアの奴め、遠慮なく蹴りやがって。思わず怪我をした場所に手を当ててしまった。

「ええっ⁉」

傷口に当てた手から自分の体の構造が脳に滑り込んできた。ひょっとして『修理』は……人間の体を治すこともできるのか⁉　興奮を抑えながら僕は冷静に体を探っていく。なるほど、この波長の魔力を流し込めば細胞が活性化するわけだな。

「よし、やってみるか！」

修理を使って僕は自分の傷をすっかり治してしまった。さっきまであった鬱血はどこにもなく、疲れも取れている。まるで治癒魔法や回復魔法を使ったみたいだぞ。よし、これで完璧…………じゃない！　修理の真髄はまだまだこんなもんじゃないようだ。

「まさか……呪いを解除することもできるのか……？」

長い年月にわたって僕を苦しめてきた重力の呪いだけど、修理を使えば呪いを解くこともできるようだ。まだ魔力は残っている。それなら遠慮する理由はどこにもない。

「魔導錬成師セラ・ノキアの名において命じる。我がスキルをもって、我が肉体よ、あるべき姿に戻れ！」

三年の長きにわたって、僕の体を蝕《むしば》んできた呪いの本体に直接攻撃を仕掛けた。体内の隅々まで根を張った呪いを魔力によって引きはがしていくような感覚だ。やがて、僕の体から黒い煙が揺らめきながら立ち上ってくる。これが巣食っていた呪いの正体か。

「重力の呪いよ、無に帰れ！」

怒りと共に魔法を循環させると、黒い煙は太陽を浴びた朝もやのように霧散してなくなった。

「うわあ、体が軽い！　うおっと!?」

軽過ぎて足元がおぼつかないくらいだぞ。転んでしまいそうなくらいフワフワしているので、慎重にゆっくりと歩くことにしよう。ここから逃げ出すにしても、まずはこの状態に慣れないとね。そう言えば、さっきから外が騒がしいな。ピルモアは僕を置いて出発したと思ったけど、まだ通路にいるのだろうか？

◇

扉を開けるとツンとした臭いのする煙が室内に流れ込んできた。これは目くらましの煙幕？

つまり魔物が出現したということか！　通路には煙と血の匂いが充満している。

「しっかりして！」

目の前で倒れている人に駆け寄ったけれど、すでにこと切れていた。傷口を確かめてみると鎧ごと胸を切り裂かれて絶命している。襲ってきたのはかなり強力な魔物のようだ。死体は全部で七つ。戦闘要員の半数近くが亡くなってしまったというのか⁉　修理の力を使っても死んだ人を生き返らすことは不可能だ。悲しいけど諦めるしかない。

「グッ……」

煙幕の中でくぐもったうめき声が聞こえた。

「誰かいるの？」

「セラ……逃げて……」

「その声はリタ！　今行くからね」

落ちていた剣を握りしめて魔物の影が揺らめく方へ移動した。

十メートルも進むと煙は薄くなり、目の前の光景がわかるようになってきた。そして僕は愕然とする。全身血まみれになったリタが巨大な犬の牙をギリギリのところで受けているではないか。

「目が四つある犬……ガルムか！」

ガルムは地獄の番犬と恐れられる魔物で、血のように赤い目が四つもあるのが特徴だ。このガルムは体長が三メートル以上はあり、針金のようにごわごわした銀色の毛が全身を覆いつくしている。

「セラ、長くはもたない……、早く逃げて！」

絞り出すような声でリタが警告する。鎖骨の下と左腕を負傷しているようでリタの足元には血だまりができている。蒼白な顔で今にも倒れそうなのに、僕のことを気遣ってくれる、そんなリタを置いて逃げられるわけがない。リタは僕に優しくしてくれたんだ。なんとしても助け出さなきゃ。

さいわいガルムは僕のことを気にしていない。僕がまだ子どもだと思って油断しているのだろう。敵わないまでも一太刀浴びせて、リタが反撃できるようにしてあげよう。

重力の呪いが解けたばかりだから、足元はまだフワフワしている。よろめかないようにしっかり踏ん張って……、僕は思いっきり床を蹴って踏み出した。ところが――。

「うわあああああっ！」

これまで縛り付けていた重さがなくなったせいで、僕の踏み込みは自分でも驚くくらい素早いものになっていた。六メートルはあったガルムとの距離は一瞬で詰まり、構えていた剣が四つ目の中央に深々と突き刺さってしまう。僕、リタ、ガルム、三者とも何が起きたかよくわかっていない。

「えーと……」

突き刺さった剣をねじるとガルムの顔面から緑色の血が溢れ出した。ガルムってみんなが恐れる魔物で、表皮も硬くてなかなか刃が通らないはずなんだよな……。スピードだけじゃなくて僕のパワーも上がっているみたいだ。

重力の呪いが高負荷トレーニングのようになっていたのだろう。まるで優良ハンター養成ギプスだね。以前とは比べ物にならない力が満ちている。

「セラ……？」

リタも驚いたように口をパクパクさせていた。僕もびっくりだよ。剣を引き抜くとガルムはドサリと音を立てて床に沈んだ。

「リタ、怪我の具合は？」

張り詰めていた緊張が解けたせいか、崩れ落ちそうになるリタを受け止めた。重い鎧を付けているのに軽々持ち上げられるだなんて、自分でも信じられないくらいだ。って、喜んでばかりもいられないぞ。リタを抱えた手にどろりとした血がついている。急いで治療しないと出血多量で死んでしまうかもしれない。

「セラ、すごいんだね。アンタなら一人でも地上に帰れるかもしれない。どうせ私はもうすぐ死ぬ。このまま私を置いていって」

「バカなことを言わないで。すぐに治療するから」

「ふう……、もう目がかすんできたよ。でも、こんなかわいい子の腕の中で死ねるんだ。私の最期もまんざらでも……えっ？」

傷ついた胸元に手を当てると、リタはびくりと体を震わせた。

「ごめんね、治療をするから少し我慢してね」

修理を発動するためにはリタの肌に直接手を触れなくてはならない。そうやってリタの体を調べて、魔力を送り込む必要があるのだ。

「どういうこと？　痛みが少しずつ消えていく……」

「もう少し時間はかかるけど必ず治してあげるからね」

治療には二十分くらいかかったから、その間に僕が獲得したジョブやスキルについて説明した。

「よし、これで傷は完治したはずだよ。どう、痛いところはない？」

「ないけど、まだ少しフラフラする……」

「それならどこかで休んでいこう。もう少し落ち着ける場所へ移動するね」

両腕でリタを抱え上げるとリタは腕の中で身を強張らせた。

「ごめんね。でもここだと、いつ魔物がやってくるかわからないから」

「いいの。男に抱え上げられる経験なんて初めてだけど、そう悪いもんでもないかな……」

「そ、そう？」

「なんか照れるよね……」

照れるのは僕の方だ。だって、男の子じゃなくて、男って言われたのは初めてだったから。

リタの体に負担をかけないように、優しく、力強く運ぶことを心掛けた。

安全な小部屋にリタを運ぶと、通路から荷物を回収した。死んだ人たちが持っていた装備や道具、採取した魔結晶を残していくのはもったいない。これまでの僕なら十キロの荷物でも辛かったけど、今なら百キロ背負っても余裕な気がする。持てるだけ持っていくつもりだった。

「ただいま。荷物を回収してきたよ。食料もあったから、出発前に腹ごしらえをしておこうね」

「ごめん。おかげで私の体もすっかりよくなったわ。料理は私がやるからセラは少し休んでいて」

「それなら僕は装備を修理するよ」

リタの鎧はボロボロだったし、剣も刃こぼれしているようだ。

「そんなこともできるの？」

「うん、『修理』ってスキルは基本的になんでもなおせるみたい」

「治癒師であり、魔導具師みたいな感じかな？」

「今はまだ一種類しか使えないけど、数をこなせば新しいスキルも発現するんだって。だから、なおしてほしいものがあったら遠慮しないでどんどん言ってね」

「じゃあ、とりあえずこの服をなんとかしてもらえる？」

リタは頬を赤らめながらお願いしてきた。それもそのはずで、リタの服は戦闘であちこち破けている。服の切れ目から大きな胸の谷間やおへそまで覗いているくらいだ。

「う、うん。すぐにやるね」

魔力を送り込むと、ほつれた糸が生き物のようにうねうねと動き出して、互いにくっつきあった。血や汚れなども同時に取り払って綺麗にしていく。

「すごい……」

「後で剣や鎧も直すからね。剣の切れ味もよみがえるはずだから期待して」

僕が装備を修繕して、リタは料理を作ってくれた。メニューは焼き直したパンと干し肉の入ったスープ。干し肉と言ってもエルドラハでは貴重品である。意外と言ったら失礼かもしれないけど、リタの作ったご飯は美味しかった。

「このスープ、すごく美味しい！」

「これでも料理は得意なの。遠慮しないでたくさん食べてね」

「えへへ、美味しくて幸せだな」

「も、もう、余計なことを言ってないで早く食べなさい！」

誰もが恐れるダンジョン地下四階だというのに、なんだかほっこりとした空気が満ちていた。

2　デザートホークス

扉から通路を覗いてみても魔物の影はなかった。僕らは用心しながら表へと出る。当面の目標は地下三階へ通じる階段にたどり着くことだ。上へ行けば行くほど生き残る確率は高くなる。一刻も早くこのエリアを脱出する必要があった。

僕は拾った盾を構えて後ろにいるリタに声をかけた。

「行くよ、しっかりついてきてね」

「うん……」

重力の呪いが解けて、僕のパワーが増しているということは説明したのだけど、リタはまだ不安そうだった。でも、今の僕なら大抵の攻撃は受け止められると思うんだよ。信じられないくらいの力が体の奥底から溢れてくる感じなのだ。

戦闘はまだ慣れないけれど、防御に徹すれば大抵の攻撃は凌《しの》げる気がする。だから僕がタンク役で敵をひきつけ、リタがその隙に攻撃をするという戦闘スタイルを採用した。

通路の先がT字路になっているところまでやってきた。ナビゲーションをしているリタがそっと囁《ささや》く。

「次を右よ」

「了解」

出会いがしらの戦闘に備えて強く盾を握りしめて角を曲がる。すると、そこには巨大なモンスターがいた。

「オークキング⁉」

背後からリタの驚愕した声が響く。僕だってわかっている、こいつは地下四階最強の魔物だ。緑の皮膚をした豚顔の魔物で、筋骨隆々の体長は三メートルを超えている。手に携《たずさ》えたこん棒は僕の胴回りよりもはるかに太い。

「セラ、逃げて！」

そう言われてももう遅い。オークキングはすでに攻撃態勢に入っているのだ。振り上げた位置からの一撃を食らえば、人間の骨なんて粉々に砕けてしまうだろう。

恐れるな！　僕は自分を叱咤して盾を上に向ける。それと同時にオークキングのこん棒がうなりを上げて迫ってきた。まともに受ければ盾が壊れてしまうだろう。関節を柔らかく保ちながら敵の攻撃を右側に受け流す。

まさか防御されるとはオークキングも考えていなかったのだろう。力任せの攻撃がいなされ、奴は体勢を崩して床に激突した。

「リタ、今だ！」

「うん‼」

無防備にさらけ出した首の急所をめがけ、リタの長剣が一閃する。素早いヒットアンドアウェイで距離をとったけど、血を流して倒れるオークキングが起き上がってくることはなかった。

「信じられない……オークキングをたった二人で討ち取ってしまうなんて……」

「運がよかったよね。敵が単体じゃなかったら危なかったと思うけど」

さすがにアレが二体以上いたら荷が重いかな。それともスピードで攪乱《かくらん》したらなんとかなるだろうか？　なんとなくだけど、なんとかなりそうな気もする。自信過剰と思われるのも嫌なのでリタには黙っておいた。

「リタ、階段があるよ！」

「着いた……。着いたのね！」

地下四階に生息する魔物は、滅多なことでは階段を上がってこないと言われている。これで僕たちの生存率もグッと上がるというものだ。僕とリタは頷きあって、一気に階段を駆け登った。

地下三階にたどり着いてからも戦闘の連続だったけど、オークキングを討伐したことで僕らは自信をつけていた。あれが倒せたのだから大抵の敵は怖くない。現れるモンスターを軒並み倒して僕らはダンジョンの通路を走っていく。

「ハアハア……」

リタの息が上がってきたな。そろそろ休憩をとった方がよさそうだ。それにしても僕はちっとも疲れないぞ。重力の呪いに苦しみながらポーターをしていたせいで、驚くほどスタミナがついてしまったのだろう。

安全そうな小部屋を確保して、僕らは小休憩をとった。二人で壁にもたれて水筒の水を飲む。戦闘の余韻で僕らはまだ興奮していた。

「うふふ、ここまでくればあともう一息ね。セラが一緒でよかった。私だけだったらきっとやられていたわ」

「僕もリタには助けられているからお互い様さ。疲れてない？　痛いところがあったら遠慮しないで言ってね」

「平気よ。それにしても、こうしてみると私たちっていいコンビよね」

リタがにっこりと笑いかけてくる。いいコンビか、確かにその通りだ。ここまでずっと息の合った連携が取れていたと思う。

「ねえ、セラ……」

普段は凛々しいリタがもじもじとこちらを上目遣いで見上げてきた。

「どうしたの？」

「今後も私とチームを組まない？　二人ならうまくやっていけると思うの」

「いいね！　僕もリタと一緒なら嬉しいな」

「ホント!?　じゃあ、次回は二人で……」

「あと、僕の友だちのシドにも入ってもらおうよ！」

「えっ……？」

「今はお爺さんだけど、元は腕のいい斥候《スカウト》だったんだよ。ダンジョンのことにすごく詳しいんだ」

「そ、そうなんだ……」

リタはなんだか浮かない顔をしている。さてはシドの実力を疑っているな。

「地理や、トラップにも詳しいんだ。ちょっぴりエッチな人だけど、きっと役に立ってくれるはずさ」

「うーん、わかった。セラがそう言うんだったら入ってもらおう。ちょっぴりエッチってところは気になるけどね」

「あはは、大丈夫だよ。シドだってチームの女の子を変な目で見たりしないから」

たぶん……。

「そうそう、さっきの戦闘で剣が刃こぼれしちゃったんだけど直してもらえるかな？」

「うん、見せて」

硬い殻をもつポイズンマイマイを相手にしたので、そのときに欠けてしまったようだ。戦闘が続いたせいで、剣や防具を修理するのも慣れてきた。修理の時間もだいぶ短縮されたぞ。

「随分と手際がよくなってきたね」

「もう二十回以上はやっているから……あれ？」

ふいに、頭の中で声が響き、新しい扉が開かれた気がした。

（おめでとうございます、スキル『改造』を習得しました！）

おお、新しいスキルが使えるようになった⁉

「どうしたの、セラ？」

リタが心配そうに僕の顔を覗き込んでいる。

「新しいスキルが使えるようになったんだ。きっと『修理』をたくさん使ったからだね」

「それはすごい。普通はこんなに早く次のスキルを覚えることはないのよ」

「そういうものなんだ……」

いままでスキルに縁がなかったから、習得スピードも速いのかな？

「今度のはどんなスキルなの？」

「『改造』っていうスキルなんだ。これまでは修理しかできなかったけど、物を改造してグレードアップできるみたい」

「じゃあ、私のウェストを細くしたりもできるの⁉」

「あはは、それは無理だよ。今のところ『改造』は物にしかできないから」

「なーんだ」

「そんながっかりしないでよ。これはこれですごいスキルだと思うから」

僕は拾った弓を取り出した。

「弓？　どうするつもり？」

「まあ見てて」

ダンジョンの魔物は強力過ぎてこの弓では太刀打ちできない。でも僕には前世の知識がある。それを改造に応用すれば……。初めての改造ということで悪戦苦闘してしまったが、二十分ほどで新しい武器ができあがった。

「随分と妙な弓ね。両端に滑車がついているけど……こんなの初めて見る」

「これはコンパウンドボウっていうんだ」

たしか二十世紀のアメリカで発明された弓だ。狙っている間の保持力が少ないので、安定した命中精度を誇る。初速も普通の弓より速いので威力も上がっているのだ。しかも僕はこれに魔法効果を追加してさらなる威力の向上を図った。滑車に描いた魔法陣が回転することによって無属性の魔力が力学的に作用するのだ。

地水火風の属性魔法を付与してもよかったんだけど、敵となる魔物との相性もある。弓自体は汎用性の高いものにして、属性は矢の方につけることにした。適応する魔結晶があれば改造することができるはずだ。

「おお、これすごいよ！　面白いように矢が的に当たるもん！」

試し撃ちをしたリタが喜んでいる。

「多少の魔力は取られてしまうけど、威力は保証するよ」

「実戦でも使えそうね。私の分も作ってくれるの？」

「うん、すぐに取り掛かるね」

二人分のコンパウンドボウを作って戦力を増強した。

◇

三日ぶりの地上は眩しかった。白熱した太陽が目を焦がして、まともに開けていることができない。でも、僕たちはほっと胸をなでおろしてもいた。

「もうダメかと思ったけど、セラのおかげで帰ってこられたね。しかもこんなにたくさんのお土産付きだわ」

僕らの背中には拾った魔結晶や持ち主のわからなくなった装備がたくさんある。全部スキルで直しておいたから、価値のあるものと交換できるだろう。僕は呪いが解けたおかげで百キロ以上の荷物を背負っても平気だった。我ながらとんでもない成長期を経たもんだと感心する。

「とりあえず家に帰るよ。シドの怪我も診てあげたいからさ」

「明日にでも教えてもらった住所を訪ねてみるわ」

「うん、待っているからね」

リタと別れて重い荷物を背負ったまま家まで走った。


「ただいま！　シド、いる？」

怪我が悪化してなきゃいいと心配したけど、シドは存外元気そうだった。

「なんだ、セラ？　随分大量の荷物を背負っているようだが平気なのか!?」

山のような荷物を背負う僕を見てシドは目を丸くしている。

「うん、重力の呪いが解けたんだ！　見てよ、これ」

僕は袋の中身を床に広げた。転がり出てきたのは赤や緑に輝く魔結晶の数々だ。

「すごいお宝だ……」

「僕とリタで採取したんだ。それに武器もあるよ。これだけあったら当分食べるのには困らないよね」

「あ、ああ……」

シドは訳がわからないといった顔で僕を見つめている。

「あのね、僕もついに固有ジョブが決まったんだよ。魔導錬成師っていうんだ！」

「魔導錬成師？　聞いたことのないジョブだが……」

「いろんなものをなおしたり、改造したりできるんだよ。まあ、そこに座ってみてよ」

僕はシドを椅子に座らせて、太腿に巻かれた包帯を外した。

「おい、セラ。包帯は朝に替えたばっかりで……」

「いいから、いいから」

シドの傷跡はいまだに赤く爛《ただ》れていた。傷薬を塗ってあるけど、状態はよくなっていない。

でも、これくらいの傷なら五分もかからずに完治するだろう。傷を確認した僕は適切な魔力を送って治療を開始した。

「うおっ？　なんだ、セラ。お前のスキルは治癒なのか？」

「似ているけど、これは修理っていう別のスキルなんだ。人の体だけじゃなくて物も直せるんだよ」

「なんと便利な……」

「どう、具合は？」

「ずきずきしていた痛みがなくなってきた」

シドの目が心地よさそうに閉じられている。真っ白のゲジゲジ眉毛も心なしかタレ下がっているような……。こうしていると、白髪の厳《いか》めしいひげ面も、なんとなく好々爺《こうこうや》に見えてくる。

「はい、これでいいはずだよ」

傷口は赤ちゃんみたいなピンク色の肌になって、すっかりきれいになっていた。

「たいしたもんだ。な、言ったとおりになっただろう?」

「何が?」

シドはニヤニヤと笑っている。

「ジョブっていうのは遅ければ遅いほどすごいのがもらえるって教えてやっただろうが? セラはとんでもないジョブをもらったってわけさ」

「そう言えばそうだね。これからはこの力を使って今までの苦労を取り戻すよ。リタって戦士とチームを組むことにしたんだ。シドも一緒にダンジョンへ潜ろうよ」

僕はリタとの計画をシドにも打ち明けた。ダンジョンに詳しいシドが仲間になってくれれば鬼に金棒だ。魔物を倒し、無事に魔結晶を得る確率はさらに上がるに違いない。

「しかしなあ、俺はごらんの通りの老いぼれだぜ。いまさらセラの役に立てるとは思えないぞ」

「大丈夫だって、シドの知識はすごいんだから」

「う一ん……」

シドは煮え切らない態度を崩さない。

「セラのスキルで俺のしょぼくれた体も修理できれば力になれるんだがな……」

シドは冗談のようにそう言った。きっと諦めの混じった皮肉だったのかもしれない。でもそれは悪くない考えだった。

「うん、やってみるよ！」

「お、おい、やってみるって？」

「アンチエイジング！」

「あ、あんちぇ？」

僕はシドの手を握って体の構造を調べる。肉体を若返らせるにはかなりの魔力が必要になりそうだ。難しい作業になりそうだけどシドのためなら躊躇《ちゅうちょ》はしない。五年前に両親が亡くなってから、ずっと僕の面倒を見てくれたのがシドだ。重力の呪いにかかってからも決して僕を見放さなかった。この恩は絶対に返すんだ。

「大丈夫そうだよ。魔力が足りないから見た目はそのままだと思うけど、肉体の方は必ず若返らせるからね」

「お、おう……」

シドは半信半疑といった具合でこちらを見ていた。


二時間後。

「どう、おかしなところはない？」

「いや……びっくりするくらい体が軽い……、なんだかふわふわするよ」

あ、わかる。僕も重力の呪いが解けたときはそうだったもん。

「どれ……」

シドは外へ出て短剣を構えた。低い体勢をとってゆっくりとヒットアンドアウェイを繰り返す。そのうち足技を入れたり、横移動などの変則的な動きがそれに加わった。

「おお！」

シドは黙々とスピードを上げていく。シドの戦闘スタイルを見るのは久しぶりのことだけど、驚くほど速い。

「すごいじゃないか、シド！」

「いや、すごいのはセラだ……。全盛期とまではいかないが体の切れが二十年前くらいには戻っていやがる……」

「時間をかければもう少しくらいは戻るよ。それ以上は体に負担になり過ぎるから無理だけど」

「まだ若返るのか!?」

「うん。でもすごく大変だから、これをするのはシドだけね。他の人には内緒だよ」

「もちろんだ！」

「ねえ、これでシドも一緒にダンジョンに入れるよね？　一緒にチームを組めるよね？」

「そうだな……。ありがとう、セラ。なんだか気持ちまで若返ってきたぜ」

シドはごつごつとした大きな手で僕の手を握った。

「明日になったらリタがうちにくるんだ。そうしたら、チームについて話し合おうよ」

「わかった。それじゃあ俺は……」

シドは落ち着かなく周囲をきょろきょろと見回している。

「どうしたの？」

おもむろに立ち上がると、シドは壁の割れ目へと手を突っ込んだ。引っ張り出したのは割と大きめの黄晶だ。もしかして、へそくり？

「ちょっと出かけてくる」

「装備を買いに行くの？　それなら大丈夫だよ。ダンジョンの中でいっぱい拾ってきたから。修理と改造をしてからシドにも渡すよ」

改造を使えばサイズ調整だってできるからね。でもシドはあいまいな笑顔を作った。

「それはありがたいんだが、その……ちょっと野暮用でな」

「そうなの？」

「ああ、繁華街に行って久しぶりに……な」

「あ、お姉さんのいる店にお酒を飲みに行くの？」

「うん。体も気持ちも若返り過ぎちゃったみたいでよ……」

シドはお酒と女の人が大好きなのだ。

「じゃあ、また明日……」

シドはそそくさと出かけてしまった。また明日って、今夜は帰ってこないつもりだな。まったく、シドにも困ったものだ。

シドが出て行ったので部屋の中はしんと静まり返ってしまった。広さは二メートル×三メートルくらいで、アメリカ映画でみた牢屋のように狭い。電灯もないので薄暗く、いっそう侘《わび》しい感じがする。

セラ・ノキアにとってはいつもの光景だけど、元日本人結城隼人としてはこの生活は許容できない。こんなに疲れて帰ってきたというのにシャワーひとつ浴びられないのだ。とりあえずもう少し文明的な生活がしたいというのが本音である。

こうなったら魔導錬成師の力を使ってよりよい生活を求めてみようか。システムさんも好きに生きていいと言っていたもんな。修理と改造を駆使して暮らしに役立つものを作るのも悪くない。そうやっていけば、やがては飛空艇に乗る機会だってやってくるだろう。

とりあえずゴミ捨て場の方へ行ってみようかな。あそこは使えなくなった生活品や魔導具が捨てられている。ひょっとしたら役立つものが落ちているかもしれない。普通の道具も修理すれば魔結晶との交換もできるはずだ。そう考えた僕はまだ日差しの強い午後の街へと出かけた。

◇

これまで注意してゴミ捨て場を見たことなんてなかったけど、今の僕には宝の山だった。街はずれにある瓦礫の山に分け入って、使えそうなものはないかと物色していく。割れたお皿が多く、これらを修理して売るだけでそれなりの儲けにはなりそうだ。だけど欲しいのはそんな小物じゃない。狙うはズバリ、魔導具である。

魔導具を修理すれば大量の魔結晶と交換できるだろうし、戦闘のときも役立つはずだ。それに改造してまったく別の用途で使うという手もある……。

「何かないかなあ。んん……？　あれは！」

最初に見つけたのはぽっきりと折れたアイスロッドだった。アイスロッドは氷冷属性の攻撃魔法を繰り出す魔導具で、火炎属性の魔物にはやたらと有効だ。見つけたアイスロッドは先端部分がないうえに、持ち手のところにもひびが入っていた。全体的に錆びているので、腕のよい魔導具師でも修理は不可能だろう。だけど僕なら……。

「うん、なんとかなりそうだ！」

と、ここで名案が浮かぶ。このアイスロッドをそのまま直すのもいいけれど、これでエアコンが作れないだろうか？　エルドラハの昼は暑過ぎるのだ。暖房機能はなくてもいいので、冷風だけが出る装置を考えてみた。

アイスロッドを手に持って『改造』のスキルを発動すると、頭の中にエアコンの設計図ができあがっていく。どうやら青晶と緑晶があれば作ることができそうだ。都合のいいことにどちらもダンジョンから持ち帰ったものがたくさんある。

これで気持ちよく午睡《シエスタ》を満喫できそうだ。そうなると冷たい飲み物も欲しいから冷蔵庫も作りたいな。そのためにはアイスロッドがもう一本いる。どこかに落ちていないだろうか？

瓦礫を掻き分けていると後ろから聞き覚えのある声に呼び止められた。

「んあっ？　てめえはウスノロのセラじゃねーか。生きていやがったのか⁉」

そこにいたのはリタや僕を見捨てて逃げだしたピルモアだった。まさか地下四階から脱出できるとは思ってもみなかったのだろう、幽霊でも見るような目つきで僕を見つめている。その様子は以前よりも落ちぶれた感じだ。装備はボロボロのままだし、顔色も悪い。

命からがら脱出したので魔結晶をほとんど持ち帰れなかったに違いない。探索が赤字になって借金でもしに行くのかな？　街はずれのゴミ捨て場を抜けると、高利で魔結晶を貸すヤバい連中がうようよいる地区になる。だからといって同情する気持ちにはなれないけど。

「……」

特に話すこともないので、僕はピルモアを無視して冷蔵庫の材料探しを続行した。シドが帰ってくる前に完成させてびっくりさせたかったのだ。ところが、ピルモアはどこにも行かずにつまらないおしゃべりを続けている。

「それで生き延びて地上でゴミあさりかよ。まあ、お前には似合っているけどな」

「……」

お、この金具は使えそうだ。

「こら、ウスノロのくせにシカトすんなっ！」

ピルモアはいつものようにいきなり殴りつけてきた。きっと余裕で張り倒せると思っていたのだろう。だけどもう以前の僕とは違うのだ。

僕はその拳を左手だけで受け止めた。パワーは格段に上がっているので奴の拳はピクリとも動かない。

「なっ……」

驚きで言葉が出てこないのかな？　まあ、重力の呪いにかかっていた頃の僕とでは雲泥の差だからね。腕力ならピルモアに負ける気がしない。じっさいのところピルモアの戦闘力ってどれくらいなのだろう？　そうだ！

いいことをひらめいたので僕はピルモアの拳を掴んだまま『修理』のスキルを展開した。といっても、奴の体を修理したいわけじゃない。スキルを発動すると物の構造を理解できるので、そうやってピルモアの肉体を調べようと思いついたのだ。

やっぱりだ、奴の体力や病気の有無がすぐにわかった。それどころか、さらに魔力を強めていくと固有ジョブや所有スキルまでわかってしまう。ピルモアの固有ジョブは盗賊《バンディット》でスキルは強奪（強攻撃しながら物を奪う）だ。見た通りなんだね……。

「邪魔しないでくれるかな？　僕は忙しいの。それと――」

「は、離せ」

ピルモアは身をよじって手をほどこうとしたけど、僕は構わず握りしめてさらにステータスを探っていく。

「お酒の飲み過ぎだね、肝臓が疲れている。それに淋病《りんびょう》にもかかっているよ」

「淋病？」

「性病の一種。オシッコするときに痛くない？」

表情から察するに、僕の指摘は図星だったようだ。『修理』で治療もできるけど、ピルモアのためにやる気にはならない。

「お前、なんで……」

掴んでいた拳を放すと、ピルモアはよろけてしりもちをついてしまった。

「情報はサービスにしておくよ。僕は忙しいからもう関わらないでくれるかな？」

高速で背後に回り込んだから、ピルモアは僕が消えてしまったと思っただろう。まだ砂の上に座り込んでいるピルモアの襟を左手で掴んで立たせてやった。鎧ぐるみの巨体が軽々と宙に持ち上がる。

「うわっ⁉」

「さあ、もう行って。本当に邪魔だから」

悪い夢でも見ているかのように、ピルモアは怯えながら去ってしまった。

会いたくもない奴に会って気分は悪かったけど、触れることによって相手のステータスがわかるという発見は収穫だった。もっとも、触れなければわからないのだから、魔物相手には難しいかもしれない。

（おめでとうございます、スキル『スキャン』を習得しました！）

いきなり頭の中で声が響いた。どうやら新しいスキルが発現したようだ。スキャンは五感を使って対象のステータスなどを読み取れるようになるスキルだ。修練を積めば積むほど詳細な情報がわかるようになるらしい。これは中々便利なスキルが発現したな。必要な材料もそろい、新しいスキルまで得た僕は、ウキウキと弾む気分で自分の部屋へ帰った。

◇

自室に戻ると、アイスロッドや魔結晶など、必要な材料を丁寧に床に並べた。これに『修理』と『改造』を加えてエアコンを作り上げていく。特に困ることもなく作業は進み、およそ一時間後には完成した。

できあがったのは縦長で窓に取り付けるタイプのエアコンだ。重量は四十キロ以上あったけど、力持ちになった僕は軽々と持ち上げて窓に設置してしまう。空いたスペースには『改造』で作った砂岩を埋め込んでおいた。

「部屋の中が真っ暗になっちゃった……」

窓はひとつしかなかったし、扉も締め切るとなると光源はどこにもない。仕方なく非常用のロウソクを付けると、狭い部屋がぼんやりと明るくなった。これで準備はできた。

「よし、スイッチオン！」

エアコンの正面に付けた小さなボタンを押すと、石板に氷冷魔法と風魔法の呪文が浮かび上がり、冷風が出てきた。

「あはは、つめたーい！」

我ながらいい仕事をしたものだ。この部屋は六平米くらいしかなく、ベッドを置いてしまうとほぼほぼいっぱいになってしまうくらい狭い。おかげで温度が下がるのも早かった。

「涼しいなあ……」

薄暗い部屋の中で、僕は前世以来で楽しむ涼に浸っていた。でも、人間の欲望は尽きることがないようだ。なまじ前世の楽な暮らしを知っているだけに僕にとってそれは顕著なのかもしれない。

最初に思ったのは部屋が狭過ぎるということだった。エルドラハの住民は魔結晶を対価に監獄長から月ぎめで部屋を借りる。僕やシドが住んでいるのは最下層の部屋だ。当然のごとく狭い。これからは収入も上がるだろうから、もっと広い部屋に引っ越したいものだ。

部屋数に余裕のあるところに引っ越したら、風呂を付けたり、冷蔵庫も置いたりしたい。家具なんかも欲しいな。ここでは木製の家具は超高級品なんだよ。家具になるような太い樹なんてどこにもないからね。

でも、今いちばん欲しいのは灯りだね。そろそろロウソクが消えそうなんだよ。いくら涼しくても真っ暗な部屋の中では過ごしにくい。市場でマジックランタンを買ってくるとしよう。

マジックランタンは赤晶で光る照明器具だ。これまでは手が出せなかったけど、今なら魔結晶もたくさんある。ランタンを買ったら、ついでに二人分の夕飯も買っておくとしよう。でも、シドはいつ帰ってくるんだろう？　元気になった体で楽しみまくっているのかな？

やれやれ……。僕は肩をすくめて、まだ太陽が白く輝く街へと繰り出した。

◇

一番熱い時間帯ということもあって、エルドラハの市場は閑散としていた。天幕を張った露天商が十数人いるくらいで客はほとんどいない。ここが混むのは、人々が採取に出る前の早朝と、ダンジョンから帰ってくる夕方なのだ。僕は露店を巡ってマジックランタンを探した。

「こんにちは。マジックランタンはありませんか？」

一軒目の道具屋で訊いてみる。ここにはダンジョンから持ち帰られた珍しい道具が並んでいた。

「ランタンは品切れだね。代わりにマジックコンロはどうだい？　火力調節ができるコンロだよ」

　これがあれば料理が楽にできそうだ。

「いくらですか？」

「今週はこれ」

　おじさんが値段表を見せてくれた。赤晶なら三百g、青晶なら二百五十g、黄晶なら二百g、緑晶なら百五十gか。魔結晶の価値は週ごとに変動するので値段はころころ変わる。今週は緑晶の取れ高が少ないようだ。ちなみに黒晶や白晶、金晶や銀晶となると、これらの十倍から百倍の価値がある。

「じゃあ、これをください」

　僕は赤晶三百gで支払いを済ませた。じっさいには三百十三gあったけど、プラスマイナス三十gは文句を言わないというのが暗黙のルールだ。細かいことを言うのはカッコ悪いとされる。マジックランタンはなかったけど、いい買い物ができたので満足だった。

　さて、次のお店にマジックランタンはあるかな？　僕は隣の店へと移動した。今度の店は魔導具師がやっているお店で、『よろず修理　承ります』と出ていた。

　なるほど、僕だって『修理』ができるのだから、こういう商売もありだと思う。僕がやるのだったら、壊れたマジックアイテムの買い取りなんかでもいいだろう。そうすれば必要なものを集めやすそうだ。

台の上に置かれた売り物を見たけど、マジックランタンはなかった。ひょっとしたら売り場に出ていないだけかもしれない。店主に聞いてみようと思ったけど、僕の前に先客がいた。金糸の縁取りがある黒いフードを被った人だ。背は高くないようだけど独特の雰囲気がある。まるでアサシンとか忍者って感じだった。

どうやらアイテムの修理を頼みに来ているようで、魔導具師はアイルーペを使って念入りに客のペンダントを確認していた。

「直るだろうか？」

声から判断するとフードの人は女性のようだ。クールな声だったけど、心配そうな色もにじんでいる。魔導具師はしばらくペンダントを調べていたけど、やがて顔を上げて首を横に振った。

「細工が細か過ぎます。私に修理は無理でしょう」

「そうか……。邪魔をした」

女の人はペンダントを受け取り、僕の方へと振り返る。そのときにフードの奥の顔が見えた。まつ毛が長く、どこか悲しみをたたえた切れ長の瞳が印象的な人だ。髪の色はアイスブルーで凛とした顔立ちによく似合う。先ほどの印象そのままに忍者とかアサシンを連想させる人だった。

その人はチラッと僕を見て、そのまま行き過ぎようとした。僕は思わずその背中に声をかけていた。

「待って」

女の人は足を止めて僕をじっと見入る。鋭い視線にたじろぎそうになるけど、僕は話し続けた。

「僕なら直せるかもしれません」

その人は壊れたペンダントを懐から出した。

「これを？」

「はい。僕は魔導錬成師のセラ・ノキアです」

「魔導錬成師？　魔導具師とは違うのか？」

「違いはよくわかりませんが、僕には『修理』というスキルがあります」

「ふむ……」

その人は見れば見るほどミステリアスで、黒い瞳に吸い込まれそうな錯覚さえ覚える。

「対価は？」

「対価って？」

「修理にはいくらかかるかと訊いている。銀晶なら二百g、金晶でも五十gくらいならあるが足りるか？」

「ああ、値段のことなんて全く考えていませんでした。困っているみたいだったから声をかけただけで……」

「そうなのか」

このお姉さんはかなりの魔結晶持ちのようだ。普通の住人で金晶や銀晶を持っている人なんかまずいない。かなり上位のチームに所属しているのだろう。

「それを見せてもらってもいいですか？」

大事なモノらしく、お姉さんは躊躇《ためら》っている。僕が子どもだからかもしれない。

「持って逃げるなんてことはしませんよ」

そう言って安心させると、お姉さんはゆっくりとペンダントを僕の手のひらの上に置いた。

さっそく『スキャン』で調べると、材質はマジカルゴールドとエメラルド、緑晶と青晶、妖精の粉を使ったインク、ユニコーンの角の粉末といったことが判明する。だがこれはそれだけの品物じゃない。

「材料に人の生命エネルギーが使われていますね。装備者を災いから守る護符の役割を果たしているのか……。これは大切な方からの贈り物ですか？」

「母の形見だ」

お姉さんは驚いたように僕の瞳を見つめていた。

「台座に亀裂……それと鎖がちぎれているな。鎖の方はすぐにつながるけど、問題は呪文が描かれた台座か」

「直るのだろうか？」

「ちょっと時間がかかりますよ」

「いくらかかっても構わん。対価も言い値で払おう。私の名前はメリッサだ。魔導錬成師セラ・ノキア、頼むから直してくれ」

「わかりました。じゃあどこか日陰に移動しましょう。四十分くらいかかりますので」

「そんなに早く!?」

移動の途中でメリッサは氷の浮かぶ冷たいバラ水を買ってくれた。屋台の商品といってもエルドラハでは高級な飲み物だ。クールな見た目をしているけど、案外優しい人なのかもしれない。


微細な魔力波を送るたびにペンダントが淡く明滅する。対象が小さなものなので強い魔力は厳禁だ。細かく、優しく、丁寧な魔力操作でペンダントに修理を施していく。魔法言語が書かれた部分の修復に手間取ったけど、台座の亀裂は綺麗に埋まっていった。

「よしできたぞ。どうですか？」

「うん、すっかり元通りだ……、ありがとう」

ずっと難しい顔をしていたメリッサの口元に小さな笑みが広がっている。それを見ただけで

修理をしてよかったと思えた。

「それじゃあ僕はこれで」

買い物が済んでいないというのに太陽は西の空に傾いている。市場はダンジョンから戻ってきた人々で混み合いだしていた。

「待って、代金を払うから」

「いいの、いいの。バラ水を買ってもらったし、それでじゅうぶんだから！」

早くマジックランタンを見つけて帰らないと夜になってしまう。僕は手を振って人混みの中に入っていった。

◇

シドが帰ってきたのは翌日のことだった。

「ただいま～」

「ずいぶんとお楽しみだったみたいだね……」

僕の冷たい視線に、シドは照れたようにうなじを掻いていた。

「いや～、久しぶりだったからよぉ」

「今日はリタも来るんだからちゃんとしてよ。みんなでチームを組んで稼ぐんだからね」

「わかってるって。ミノンちゃんにまた来るって言っちまったから、俺も頑張るよ」

「ミノンちゃんって誰？」

「飲み屋の踊り子だよ。情熱的なダンスをするから、すっかりファンになっちゃってさ」

シドは十三歳の少年に理想のおっぱいと腰つきの話を始めた。僕だって興味がないわけじゃないけど、困ったお爺さんだと思う。

「リタの前ではそういう話はダメだからね。セクハラは厳禁だよ」

「セクハラってなんだ？」

「性的嫌がらせのこと。女の人の前でおっぱいの話はなしだからねっ！」

「わかってるって。俺もメンバーに嫌われたくはないからな。ところで、この部屋はずいぶんと涼しくないか？　どうなっているんだこれは？」

「えへへ、気が付いた？　実は魔導錬成師の能力でエアコンというマジックアイテムを作ったんだ」

僕は鼻高々でエアコンの説明をした。

「ふぇ～……、これはいよいよすごいジョブが覚醒したな。それにしても過ごしやすいぜ」

シドはうっとりと座り込んだ。さっそくエアコンのとりこになったようだ。これで冷えたビールなんて飲ませたら、僕から離れられなくなってしまうかもね。

リタを見たシドの第一声は、「ウホッ、いい女！」だった。本人に悪気がないのはわかっているけど、いきなり約束を破っている。もっともリタはそれほど気にしていない様子だったのでよかった。

狭い部屋に三人はきつかったけど、エアコンのおかげで暑苦しさはない。リタは驚きつつも、過ごしやすいと喜んでくれたので、打ち合わせは和やかに始まった。

「それじゃあ自己紹介からはじめようか。改めまして僕はセラ・ノキアです。固有ジョブは魔導錬成師で、スキルは『修理』や『改造』、最近になって『スキャン』というのも憶えました。夢は飛空艇に乗ってエルドラハの外の世界へ行くことです。よろしくお願いします」

ペコリと頭を下げると、リタとシドが拍手をしてくれた。

「セラはただの魔導錬成師ってだけじゃないもんね。パワーとスピードのある回復職だから、なんでもできると思うわ」

一緒に戦ったことのあるリタがべた褒めしてくれた。

「みんなのために頑張るよ。次はリタが自己紹介して」

「私はリタだよ。ジョブは剣士でスキルは『パワーショット』とか『身体強化』とかね。趣味は美味しいものを食べること。好物は肉。よろしくね」

リタの自己紹介が終わると、シドが小さく咳払いした。

「シドだ。斥候《スカウト》で『隠密』とか『トラップ解除』なんかのスキルを持っている。地下五階までの地理なら頭の中に入っているからなんでも聞いてくれ」

リタがいるからカッコつけているみたいだ。じっさい、昨日まで曲がっていた背骨もしゃんと伸びていて、声にまで張りが出ている。これならシドの活躍も期待できそうだ。

「ところでチーム名はどうする？　私はなんでもいいけどね」

僕は前々から考えていた名前を口にする。

「みんながよかったらデザートホークスっていうのはどうかな？」

デザートホークは連なる砂丘を越えて何千キロも旅する自由の象徴だ。

「へぇ……悪くないな」

シドがニヤリと笑う。

「私もいいと思うよ」

リタも賛成してくれた。この瞬間から僕らはデザートホークスになった。いつかエルドラハを出て、この大陸さえも越えて、自由に羽ばたける日が来るかもしれない。今日はその出発の日だった。

「それじゃあデザートホークスの装備を支給します」

「装備を支給ってどういうことだ？」

「シドの装備はだいぶくたびれているだろう。リタのはいいものだけど、僕が改造したのはもっとすごいんだ。ちょっと見てもらえないかな」

部屋の隅に置いておいたシートをめくって、修理・改造しておいた防具を披露した。

「うおっ？　なんだか見慣れない武器ばかりだが……」

「昨日、市場に行っていろいろ買ってきたんだ。おかげで手持ちの魔結晶は使い果たしちゃったけどね。まずはこれを見て」

取り出したのはリタ専用の武器であるフレイムソードだ。出力を上げた魔導コンロと剣を組み合わせて、火炎属性の攻撃ができる剣を作った。なんと温度調節ができるので、調理器具としても使える一石二鳥のアイテムだ。

「すごい……。伝説級の宝剣じゃない」

リタがフレイムソードを起動させると部屋の温度がいきなり上がってしまった。エアコンのファンが苦しげな音を立てて回り始めてしまう。

「火傷には気を付けてね」

「こんなお宝を使わせてもらってもいいの？」

「一緒に死線を越えた仲間だもん。リタが喜んでくれるなら僕も嬉しいんだ」

僕は次の装備を手に取った。

「お次はこれ。シドのガントレット」

ガントレットは上腕部から手の甲までを守る金属製の防具だ。

「俺のもあるのか？」

「当たり前じゃない。しかもただのガントレットじゃないよ。腕のところに箱状のものがついているでしょう」

「これか？」

「待って！　不用意に触らないでね。そこには三連のボウガンが仕込まれているんだ」

シドは斥候《スカウト》なので攻撃力は低い。それを補うための隠し武器なのだ。

「三連のボウガン？　ははぁ、これがトリガーになっているのか」

「そこに板を立てかけておいたから試し撃ちをしていいよ」

ガントレットを装着したシドが狙いを定めると、三本の短い矢が勢いよく発射された。矢は板を貫通して石壁まで到達している。思ったよりも威力があったな。後で修理を使って壁を直しておかないと……。

「悪くねえ！　いや、すごくいいぜ、これは！」

シドの心に未だくすぶる少年の心が目を覚ましたようだ。男の子ってこういうのが好きだもんね。

「ナイフが飛び出るブーツも作っておいたよ」

「マジか！　夢のような装備がそろっているじゃねえか！」

自分用には雷撃のナックルという装備を用意した。これは拳を守る防具を兼ねた武器だ。インパクト部分の金具から放電して雷属性の攻撃もできる。前世の記憶にあるスタンガンからヒントを得たのだ。

エルドラハには質の悪い強盗なんかがいっぱいいるので、そいつらを撃退するのにも有効だろう。出力を上げれば痺《しび》れるどころではなく、命を奪うこともできる危険な武器である。当然、魔物にも効くはずだった。

「これだけの装備があるのなら実地で試したくなるな。少しでいいからダンジョンに潜ってみないか？」

「私も賛成！　行ってみましょう」

「今から？」

太陽はだいぶ高い位置まで昇っていて、ダンジョンに潜るには遅い時刻だ。これから準備していたらお昼前になってしまう。

「なあに、地下一階だけだよ。あくまでもお試しってことでさ。魔物の数は多いけど第六区なら赤晶が出てきやすい。新装備を試すにはいいと思うぜ」

「そうしましょうよ。早くフレイムソードの威力を確認したいもの」

「二人が行きたいんならいいよ。水と食料だけ持って出発しよう」

こうして、デザートホークスの活動は開始された。

◇

ダンジョンの入り口までやってくると黒ずくめの集団が地下へと降りていくところだった。一糸乱れぬ統率された動きで、独特の雰囲気を放っている。

「あれは『黒い刃』だ。今は滅んだグランベル王国の近衛騎士や特殊部隊で編成されたチームだぜ」

事情に通じたシドが教えてくれた。グランベル王国はエブラダ帝国に滅ぼされてしまった国であり、僕の両親の故郷でもある。あの中に僕の両親のことを知っている人がいるかな？　そう考えるとなんとなく親近感を覚えた。

「あそこのチームは特別だ。活動場所は地下四階より下って話だし、あまりに強いので監獄長すら気を遣っているって噂だぜ。セラも不用意に近づくんじゃねえぞ。お前は人懐っこ過ぎるから――」

シドの話は続いていたけど、僕は見覚えのあるフードに目をとめた。黒い刃は全員が黒いフードを被っていたけど、その中で一人だけ金の縁取りがあるフードを被っている人がいる。あれは昨日会ったメリッサに違いない。

「おーい、メリッサ！」

呼びかけると、フードの人物が驚いたようにこちらを向いた。やっぱりメリッサだ。

「今からダンジョンなの？」

メリッサはコクコクと頷いている。若干恥ずかしそうにしているのは気のせいかな？

「気を付けてねー」

大きく手を振って見送ると、メリッサも遠慮がちに手を振り返してくれた。

「な、なんで、黒い刃の首領と知り合いなんだよ……」

「メリッサのこと？　ペンダントを直してあげたんだ」

「しっかし驚きだぜ。まさかセラが『氷の鬼女』と知り合いだったとはな」

「氷の鬼女？　メリッサはそんな冷たい感じじゃないよ」

笑うとかわいいし……。

「あいつは氷冷魔法の遣い手なんだ。地下四階に現れたオオナメクジを一瞬で凍り付かせたのは有名な話だぞ。チームに手を出してくる奴らには容赦しないことでも知られている。かなり恐ろしい女なんだ」

「ふーん、そんな感じはしなかったけどなあ……」

ペンダントの修理を頼むときだってメリッサは礼儀正しかった。

「さあさ、そんなことはいいから私たちも出発しようよ！」

リタがフレイムソードの柄を握りながら催促する。早く使ってみたくて仕方がないようだ。

《聞け、クズども。今週はお前らが待ちかねた酒が入荷される予定だ。欲しければ稼げ！》

監獄長のダミ声がまた響いている。この放送は奴の趣味のようだ。デザートホークスは黒い刃の後ろからダンジョンへと突入した。

◇

ダンジョンには幹線道路と呼ばれるよく使われる道がある。主に地下の深層へ行くための広い道だ。デザートホークスはわき道に逸れて、人の少ない第六区を目指した。

「前衛は私、シドは援護、スピードとパワーのあるセラが遊撃っていうのがこのチームの基本スタイルになると思うけどどうかな？」

「僕もそれでいいと思う。今日はしっかりと連携を確かめようね」

地下一階に強力な魔物は少ないので、僕らは適度な緊張感を持ってダンジョンを進んだ。

第六区に入ったあたりで、不意にシドが足を止めた。

「前方の天井にイビルバットが張り付いている。どうする？」

目を凝らしてみると、天井からさかさまに巨大なコウモリが八匹もぶら下がっていた。まだこちらには気が付いていないようだ。魔結晶の採取が目的の場合、戦闘はなるべく避けるのが鉄則だ。ただ、遠回りになり過ぎたり、明らかに勝ち目があったりするときは話が別である。

「迂回するほどの相手じゃないから、このまま進みましょう」

リタの目が獰猛《どうもう》に輝いている。かわいい顔に反してリタは意外と脳筋だ。これも戦士の特性なのだろうか？
普段ならコンパウンドボウで遠距離攻撃を仕掛けるところだけど、今日は訓練という意味合いが強い。僕たちは接近戦を意識してそのまま近づいた。やるのであれば先手必勝はダンジョンの鉄則だ。

リタが掲げたフレイムソードに火が灯り、戦闘開始の烽火《のろし》となった。赤い尾を引く剣が一閃すると、イビルバットの羽が両断され、切断面が燃え上がる。フレイムソードの攻撃力は申し分ないようだ。

『スキャン』発動
対象：イビルバット　全長百六十八cm　全幅百五十cm　ダメージ０％
得意技：？？？　弱点：？？？
戦闘力判定：F

スキャンのレベルが低いので、まだこれくらいの情報しか得られないか。このスキルも使っていくうちにレベルアップするだろう。
僕も素早く群の側面に回り込み攻撃を開始する。雷撃のナックルは五十センチ以上も放電するので不用意に飛び込んできたコウモリはすべて感電してしまう。地面でのたうつイビルバットにみんなでとどめを刺して戦闘は終了した。

「初めてにしちゃあ上出来なんじゃないか？」

シドが息を弾ませて感想を述べていた。斥候《スカウト》であるシドの索敵能力、リタの突進力、僕の攻撃力、バランスが取れていてとてもいいチームだと思う。

「私もいいと思うな。このチームなら地下四階でも活動できるんじゃない？」

「ああ、俺もそう思うぜ。念のためにもう一人くらいはメンバーが欲しいけどな」

ベテランの二人が言うのなら間違いないだろう。

「じゃあ、次回は地下三階で活動してみようか？」

「地下三階へ行くんなら第二区の嘆きの岩へ行こうぜ」

嘆きの岩は風の通り道になっていて、石壁が泣いているように聞こえるからそう呼ばれている。

「なんであんなところに？　魔結晶だってあんまり採れないでしょう？」

リタの疑問にシドは指を振った。

「知られてはいないが、あそこはリボウル苔が生えているんだ」

リボウル苔は薬の材料になる貴重な植物である。

「最近はポーターばかりやっていたから採りに行けなかったが、久しぶりに行ってみようじゃないか。俺の形見代わりに場所を教えといてやるぜ」

「僕が『修理』したんだから、シドの寿命は十年以上延びているはずさ。形見分けだなんて気が早過ぎるよ」

「そうかい。だったらリボウル苔でたんまり儲けてパーティーナイトとしゃれこもうぜ」

次の目標も定まって、みんなのやる気も最高潮に達している。僕らは魔結晶を探しながら六区の奥地へと進んだ。


「きゃあああああっ！」

突如、ダンジョンの通路に叫び声が響き渡った。といっても、ここではそう珍しいことじゃない。採取に入った人々を魔物が襲っただけのことだ。

「カネオン、しっかりして！　死んじゃ駄目よっ！」

かなり危機的な状況のようだ。日常茶飯事の出来事とは言え見捨てる気にもなれない。よき行いにはよき報いがあるとシステムさんは言った。たとえそうじゃなくたって、目の前で困っている人は助けたい。それはシドとリタも同じ気持ちのようだ。うん、やっぱりデザートホークスはいいチームだ。僕たちは目配せをして同時に走り出していた。

災難に遭っていたのは二人組だった。まだ若い男女で、男の人は血まみれで倒れている。一人残った女の人がレッドボアと対峙していた。レッドボアは巨大なイノシシの化け物だけど、主な生息地は地下三階のはずだ。地下一階に現れるのは珍しい。女の人は風魔法の遣い手のようでウィンドカッターでレッドボアと戦っているけど、レッドボアの皮は分厚いので苦戦しているようだった。

「二人はレッドボアをお願い。僕は怪我人を診ます」

「任せておいて！」

リタはやたらと張り切っている。そう言えばリタの好物は肉だったたな。レッドボアはダンジョンでは数少ない可食の魔物だ。名前の通りイノシシの肉と同じ味がする。塩と胡椒をかけて焼いたボアグリルはエルドラハでは一番のご馳走だ。あれだけ本気ならリタ一人でも倒してくれるだろう。僕は戦闘には加わらず怪我人を治すことに集中した。

「しっかりしてください！」

「うぅ……」

意識はまだあるようだ。傷口に手を当ててスキャンを発動する。鋭い牙で腹を切り裂かれたんだな。傷口は七センチ、裂傷は内臓にまで達していた。

「すぐに楽になりますからね。じっとしていてください」

スキル『修理』を使って先に止血をして、内臓の治療から始めた。怪我人を診るのはこれで三人目だ。まだまだ経験が浅いので治療には時間がかかりそうだけど、今回は仲間が二人もいる。僕は安心して治療に専念できた。

「いよっしゃあっ！」

リタの声がダンジョンに轟いた。床には首のないレッドボアが横たわっている。

「シドとリタは周囲を警戒して。レッドボアの仲間がいるかもしれないから」

「仲間⁉　それも狩っちゃる‼」

リタが猛獣みたいになっている。今夜はみんなでバーベキューだな。

「ぐあああっ！」

意識がはっきりしたせいで、患者が痛みで苦しみだした。ここまで深い傷だと一気に治すことはできないのだ。

「動かないでね。治したところがまた広がっちゃうから」

呼びかけるのだけど男の人は身をよじって動こうとする。いっそ雷撃のナックルで気絶させてしまう？　いやいや、そんな乱暴なことはダメだな。

「カネオン、動いちゃだめだよ」

戦闘を終えた女の人が患者の体を押さえてくれるのだけど、それでも動きは止まらない。これでは手の位置がぶれてしまうから魔法が上手く伝わらないよ。なんとか痛みを和らげる方法はないかな……？　試行錯誤していると頭の中でいつもの声が響いた。

（おめでとうございます。スキル『麻酔』を習得しました！）

全身麻酔だけじゃなくて局所麻酔にも対応しているぞ。さっそく使ってみるとしよう。

スキル『麻酔』を施すと、カネオンさんはぐにゃりと力が抜けて動かなくなってしまった。

「カネオン、死なないで！」

女の人は顔面蒼白になってカネオンさんを揺さぶってしまう。

「大丈夫です、痛みを感じないようにしただけですから。今から治療しますので落ち着いてくださいね」

この世界には麻酔という言葉すらないので、どういったものかよくわからないようだ。

おとなしくなった男性の『修理』を続け、十八分ほどで完治させた。やっぱり治癒魔法ほど使い勝手はよくないな……。ここまで時間がかかってしまうと戦闘中は使えない。数をこなせばもっと早くなるのかな？

「あれ……、俺は……生きているのか？」

麻酔から醒めたカネオンさんが不思議そうに辺りを見回している。

「カネオン！　よかった、本当によかった……うぅ……」

抱き合いながら喜ぶ二人を見て、僕も嬉しかった。自分のスキルが人の役に立つというのはこんなにも喜ばしいことなんだな……。

「ありがとうございました。なんとお礼を言っていいのやら」

二人が謝礼として赤晶を差し出してきたけど、僕はそれを断った。レッドボアの肉が大量にあるからじゅうぶんだ。リタもシドもニコニコしている。

「しっかしこれはどうする？　ここで解体して持てる分だけ持って帰るか？」

「え～、残していくなんてもったいないよ！」

リタは心底残念そうな顔をする。よほど肉が好きなようだ。

「そうはいっても、こいつは一トンくらいはありそうだぞ。加食部分だけでも四百キロにはなるだろう」

「肉が四百キロかあ……」

リタとシドはレッドボアをどうするか決めかねているようだ。たしかにこれは大きいもんな。

どれどれ、どれくらいの重さがあるんだろう？

ズズズズズッ。

「お、運べないほどでもないよ」

持ち上げるのは大変そうだけど、引きずるだけなら問題ない。

「ほら、家まで持って帰れそう」

喜んでそう告げたんだけど、みんなは黙って僕を見つめるばかりだった。

ズルズルとレッドボアを引きずって出口の方まで行くと、通行人はそろって道を開けてくれた。

「なんだ、あのガキ……」

「バカ、目を合わせるな！」

みんな視線を逸らして逃げるように通り過ぎていく。失礼な、僕はピルモアみたいに凶暴な男じゃないぞ。

「ヒッ！」

噂をすれば影ってやつ？　たまたまやってきたピルモアだったけど、僕の顔を見た瞬間に道を引き返して、どこかへ行ってしまった。

「セラ、休まなくてもいいの？」

リタが心配そうに訊いてくるけど、僕はまだまだへっちゃらだ。

「うん、早く肉を食べたいもんね。リタもそうでしょう？」

「まあ、そうだけど……」

時刻はそろそろ夕方になろうとしている。早く帰って夕飯の支度をしなくちゃね。どうにかこうにか引きずって、ダンジョンを出る最後の上り階段のところまでやってきた。

「よし、ここは担ぎ上げるぞ」

「担ぎ上げるって、おま……」

シドが駆け寄ってきたけど、僕は手で止めた。

「危ないから離れていて。いくよ～……フンッ！」

僕の身長が低いせいで、レッドボアの足は地上に着いたままだったけど、なんとか肩の上に乗せることができたぞ。

「大丈夫なの？　潰れたりしない？」

心配なのだろうけど、リタも手を出しあぐねているようだ。

「思ったよりきつくない……。担ぎ上げちゃえば平気みたい」

肩にレッドボアを乗せたまま階段を一歩だけ上がってみる。残りは四十七段、ぜんぜんいけそうだ。

「ほら、問題ないよ」

みんなを安心させるために振り向いたら各所で悲鳴が上がった。一トンもあるものを振り回すのは危ないね……。と、ここで見知った顔を見つけた。通路の奥から黒い刃の一団が姿を現したのだ。中心にはメリッサもいて、驚いたようにこちらを見ている。僕はメリッサに向けて大きく手を振った。

「メリッサ、見て！　すごいでしょう、これ！」

メリッサがコクコクと頷いている。

「えへへ、獲物の大きさにびっくりしてくれたみたいだ」

「セラのパワーに呆れているだけじゃねえのか？」

シドのツッコミは置いといて、夕飯にメリッサも誘ってみようかな。

「メリッサ！　これからみんなでバーベキューパーティーをするんだ。メリッサたちもおいでよ！」

メリッサは固まったまま動かない。遠慮しているのかな？

「チームのみんなで来ていいからね。だってこんなにあるんだよ。肉は嫌い？」

メリッサはふるふると首を横に振り、その動きに連動してきらめく髪が微かに揺れた。なにか問いたげな瞳は伏し目がちでとてもしとやかだ。この娘が氷の鬼女？　そんなあだ名は似合わないよ。

「じゃあ、遊びに来てね！」

メリッサに住所を教えて、僕は再び階段に向き直った。大勢がパーティーに来るんだから急がなくてはならない。大きく息を吸って、僕は一気に階段を駆け上がる。後ろの方でシドとリタが何かしゃべっているけど、レッドボアの毛がガサガサいっていてよく聞こえなかった。

「セラはレッドボアを全部食べる気でいるのかしら？」

「たぶん、近所の奴らにもふるまう気でいるぜ」

「魔結晶や品物と交換するって考えはないの？」

「たぶんねーな」

「……不思議な子ね」

「昔っからそういう奴なのさ」

まだ階段の下でおしゃべりしている二人に声をかけた。

「早く行こうよ！　大量の肉を捌《さば》くんだから！」

みんな喜んでくれるかな？　美味しそうに肉を頬張る人々の顔を想像しただけで、背中のレッドボアも軽くなる気がした。

◇

魔物や動物の解体というのは大変な作業だ。前世の知識に頼らなくても、それくらいは知っている。ただ、僕には魔導錬成師の力がある。『スキャン』や『修理』を駆使すれば、人よりも早く解体できる気でいた。

アパート近くの空き地に陣取り、僕らは解体の準備を始めた。まずはレッドボアの構造を調べてみよう。スキルを発動しながら触れてみると頭の中にレッドボアの情報が流れ込んできた。

わかる……、わかるぞ！　これならなんとかいけそうだ。

皮や骨、筋繊維の一筋一筋までもが手に取るように把握できる。僕は一番切れ味のよいナイフで解体を試みた。やがて頭の中にまたもやいつもの声が響いた。

（おめでとうございます！　スキル『解体』を習得しました！）

今回も便利そうなスキルだ。『解体』は魔物や動物だけでなく、機械や建造物にも使える。

なかなか応用範囲の広そうなスキルだ。でも今はレッドボアをなんとかしなくちゃね。助けた二人組や、近所の人、メリッサたちにも声をかけてある。気の早い人はもうお皿を持って集まりだしているぞ。

『解体』を使ってまずは血抜きをした。ナイフで入れた切れ込みからどんどんと血が流れだして、空中で球体を作っている。なかなかシュールな光景だ。

「すごい量だな」

「うん、八十リットルはあるよ、これ……」

シドが指先でツンツンと血の塊をつついている。その指に血が滴《したた》った。

さらにスキルを使って血液を水と他の物質に分けてしまう。水は完全な真水なので生活用にとっておく。他の物質は風に乗せて砂にまいた。

「ふう、これで一番難しいところは終了」

続いて皮を剥ぐ。こちらも衣料として使えるので『改造』でなめしていつでも使えるようにしておいた。余分な内臓を取り除き、先ほどの水で洗浄し、最後に骨と肉を分けて適当な大きさに切りそろえる。

「どうしよう、肉を盛り付ける皿が足りないよ」

リタが困ったように立ちすくんでいる。

「先日拾った大盾が二枚あるでしょう?　騎士が持っているようなカイトシールド。あれを洗って皿代わりにしよう」

即席の大皿に肉が山盛りになり、近所の人が歓声を上げた。

「さあみんな、バーベキュー大会を始めよう！」

火炎魔法を使える人が協力してくれて、盛大なパーティーが始まった。

「燃えろ！　あたしのフレイムソード！」

リタのフレイムソードも大活躍だ。ロース、フィレ、モモ、サーロイン、いろんな部位が次々と焼き上がっていく。

「セラ……」

遠慮がちに声をかけてきたのはメリッサだった。彼女の後ろにはボディーガードのように四十人のメンバーが控えている。肉を食べていた人々も緊張して手を休めてしまうほどの迫力だ。だけどメリッサはちっとも怖くないことを僕は知っている。

「来てくれたんだね、メリッサ。パーティーはもう始まっているよ。遠慮しないでどんどん食べてね。みなさんもどうぞ」

案内をしてあげると、メリッサの横にいた大柄な人が頭を下げてきた。

「黒い刃の副長をしているタナトスだ。お招きに感謝する」

タナトスは四十歳くらいの大柄な人で、眼光も鋭くてとても強そうだ。黒髪を長くしてオールバックにしている。旧グランベル王国の人は黒髪の人が多いのかな？　他のメンバーにも黒髪が目立つ。もっとも僕の両親もグランベル出身だったけど、髪は銀色だ。僕も両親と同じで銀髪だった。

「遠慮しないでたくさん召し上がってくださいね」

メリッサがクイクイと袖を引っ張る。

「どうしたの?」

「おみやげ……」

黒い刃のメンバーたちが荷物を部屋の前に置いてくれた。気を遣ってパンや酒を持ってきてくれたようだ。

「べつにいいのに」

「こらこら、セラ。人の好意はありがたく受け取らんか!」

シドがしゃしゃり出てきた。腕にはしっかりと酒の小樽を抱えている。

「ありがとう、メリッサ。お礼に僕が肉を焼いてあげるね。好きな部位はある?」

「ロース」

相変わらず口数は少ないけど、メリッサの機嫌はよさそうだ。フレイムソードを借りて、メリッサのロース、リタのカルビ、僕のフィレを焼くことにした。シドは踊り子のお姉さんと一緒だから放っておくことにしよう……。

まずは生肉に下味をつけて……。そうだ、この塩も『改造』してしまおう。エルドラハの塩は帝国が飛空艇で運んでくるんだけど、あんまり美味しくない。これまではそうでもなかったけど、前世の記憶が戻った僕には苦く感じるのだ。

きっと不純物が多いからだろう。健康面にも悪影響があると思う。必要なミネラルは残しつつも『改造』で苦みの原因物質を取り除いた。できあがった塩を舐めてみたけど、角が取れたマイルドな味になっている。これなら最高の焼き肉を作れるはずだ。

「塩がさらさらしている」

メリッサは観察力が鋭いようだ。僕が振りかける塩の違いにすぐ気が付いた。

「特別製の塩なんだ。これをかければ……」

フレイムソードであぶられた網の上の肉からジュージューと肉汁が溢れ出す。

「はあ……、肉をお腹いっぱい食べられるだなんて幸せ」

リタはうっとりと自分の肉を眺めている。あんまり近づき過ぎないでね。フレイムソードでリタの顔が焼けてしまうから……。

「私、彼氏にするならレッドボアをまるまる一頭、地上に持ち帰れる人がいいなあ。おもいっきり尽くしちゃう！」

褒めてくれているのかな？　リタは優しいから尽くされる人は幸せだろう。

「さあ、焼けたよ。食べて、食べて」

僕らは同時に焼き立ての肉を口に入れた。

「んーーっ♡」

「っ！　うまい……」

リタはとろけそうな顔に、メリッサは驚きで手を口に当てていた。

「こんなに美味しい肉は初めて。どうなっているの？」

リタは質問しながら次の肉に手を伸ばしている。

「ひとつは塩を改造したから。もうひとつは肉を熟成させたからなんだ」

「モグモグ、セラはいろんなことができるんだね、モグモグ」

詳しく説明すると、筋原繊維の構造を弱め、筋肉細胞の保水性を回復させ、肉が軟らかくなるようにした。それからタンパク質を分解して、アミノ酸等の旨味成分も出している。修理や改造を使うとこうした情報も得られてしまうので便利だ。リタは食べるのに夢中だから、説明はしないでいいだろう。小難しい話よりも美味しく食べてもらった方がいい。

「メリッサもたくさん食べてね」

「うん」

ハムハムと肉を食べながら、メリッサは珍しそうに僕の家を眺めている。

「セラはここに来て長いの？」

「僕はエルドラハ生まれだよ。メリッサは？」

「私は二年前にやってきた……」

あまりいい思い出じゃないようでメリッサの顔が暗くなった。それはそうだよね、ここは砂漠の収容所なのだから。エルドラハの内部だけなら自由に歩き回れるから、ついそれを忘れてしまうけど、ここはエブラダ帝国の管理する流刑地なのだ。

「さあ、次の肉が焼けたよ。お腹いっぱい食べて」

嫌なことは忘れて今は思う存分食べるとしよう。いつか、あの砂丘を越えていける日に備えて。

◇

タナトスはメリッサとセラの様子をじっとうかがっていた。厳しい目つきではあるが敵意などはない。むしろ少年と少女が肉を食べる様子を温かく見守っているようだ。

「あのような姫様は初めて見ました。ずいぶんとくつろいでいらっしゃるようですな」

タナトスの横にいた黒い刃のメンバーが話しかける。

「うむ。あの少年に心を許しているようだ」

「よい少年じゃないですか。名前は何といいましたっけ？」

「セラ・ノキアだそうだ……」

「ノキア？　我らと同族でしょうか？」

ノキアは旧グランベル王国にある家名だ。

「わからん。ただ、ノキア伯爵夫妻がこの地に流刑になったという噂は聞いた」

「四大伯爵家の!?　それではあの少年は――」

タナトスは若い男を軽く戒める。

「確かなことはなにもわからんよ。姫様は楽しんでいらっしゃるのだから、今はそっとしておけばいい」

「しかし、もしあの少年がノキア家の跡取りというのなら――」

言葉を遮るように、男の前に大きな骨付き肉が差し出された。

「お前も肉を食え」

タナトスはそう言って、自分も大きなモモ肉にかぶりつく。

「今を楽しんでおけ。人生なんてなるようにしかならないのだからな」

亡国の元近衛騎士団長の言葉は軽薄なようでいて重みがあった。

◇

次の朝はすっきりと目が覚めた。以前のように体が重くてベッドから起き上がるのにも一苦労、なんてことはもうない。僕は元気よく跳ね起きて、思いっきり体を伸ばした。

昨夜は山ほどレッドボアの肉を食べたというのに、もうお腹が減っている。きっと体力や魔力をいっぱい消費したせいだろう。よく寝たからどちらもすっかり元通りになっている。今日も元気に過ごせそうだ。

シドを朝ご飯に誘おうと思って外に出ると、うちの前に人が五人も並んでいた。どの人も貧しい身なりをして、どことなりに怪我をしているようだ。汚れた包帯が痛々しく見える。

「おはようございます。何かご用ですか？」

僕があいさつすると、その中の一人がおずおずと訊いてきた。

「魔導錬成師のセラさんというのはあなたですか？」

「そうですけど」

「近所に住んでいるカネオンに訊いて来たんです」

「カネオンさん？」

「昨日、ダンジョンでセラさんに助けていただいたと言っていました」

「ああ、あの人か。うん、それでどうしたんですか？」

五人の人々はいきなり砂の上に跪《ひざまず》いて訴えかけてくる。

「どうか我々をお救いください。怪我のためにダンジョンへ行けない日々が続いています。このままでは暮らしていけません。元気になりましたら必ず魔結晶をお支払いいたしますので！」

一般的な治癒師はツケを嫌うんだよね。ダンジョンは死亡率が高いので返済が滞ることがしょっちゅうだからだ。目の前の人はガリガリに痩せている。このままでは遠からず死んでしまうだろう。

「わかりました。順番に診ますので安心してください」

「おおっ！」

「えーと……」

『スキャン』を発動して、みんなの症状をざっと確認する。一番具合の悪そうなのはこのおじさんだな。足の骨折に加えて、栄養失調による内臓の荒れが目立つ。

「それじゃああなたから部屋の中に入ってください。一人ずつ診療しますので」

僕の部屋は狭過ぎるので二人も入ればいっぱいになってしまう。早いところ引っ越さないとだめだよね。

「涼しい……」

部屋に入ったおじさんがびっくりしている。朝一番にエアコンをつけていたので室内は程よく冷えていた。

「先に言っておきますけど、僕は『スキャン』というスキルで状態を詳しく調べます。そのときにあなたのステータスもわかってしまいますが構いませんか？」

「もちろんです。怪我が治るのならジョブだろうがスキルだろうが、なんでも見てください」

「わかりました。それではベッドに寝て患部を見せてください」

慎重に包帯を外して『スキャン』と『修理』のスキルを発動した。

治療には十五分くらいかかったけど、骨は綺麗に繋がった。

「痛みが全くない⁉　普通に歩けるぞ！」

おじさんはぴょんぴょんと飛び跳ね、脚の具合を確認している。治療中にわかってしまったのだけど、この人の名前はジャカルタさん。固有ジョブは『農夫』で所有スキルは『農業』とか『体力増強』だった。『体力増強』はパッシブスキルで、これを持つ人は持久力が上がる。怪我さえなければなんとか窮地を凌げるだろう。

考えてみれば、こうやっていろんなジョブの人と知り合いになれるのは便利だよね。

「それでは次の人どうぞ……って、なんか増えてない？」

外で待っていたのは四人だったはずなのに、いつの間にか七人になっている！

「昨日から肩が痛くて……」

「わかりました。順番に診るので待っていてくださいね」

魔力にはまだまだ余裕があるのでなんとかなるだろう。

『農夫』のおじさんを皮切りに、『機織《はたお》り』『弓士』『左官』『パティシエ』と順番に診ていく。世の中にはいろんな固有ジョブがあるんだね。その間にも患者さんは口コミで増えて、午前中だけで二十四人もの人を治療してしまった。

クタクタになったけど怪我を直してもらった人たちの笑顔は嬉しかった。それに『スキャン』と『修理』のレベルがかなり上がったぞ。最後の方になると、注意して見るだけで患者さんの怪我の具合がわかるようになってしまったくらいだ。手際がよくなったせいか、治療の時間もずいぶんと短くなった。おかげで魔力は空っぽになっちゃったけどね。

「セラ、飯を持ってきたぞ」

シドがパンとスープを持ってきてくれた。

「ありがとう、朝からなんにも食べてないんだ」

「ずいぶんと忙しそうだったな」

「うん、もう魔力がすっからかんだよ。この魔結晶から魔力を取り出せればいいのにね」

僕はお礼に貰った赤晶を手に取った。

「おいおい、魔結晶をそのまま食うんじゃないぞ。中毒を起こすんだからな」

「それくらい僕だって知っているよ」

薬の材料になる魔結晶だけど、加工しないで飲みこめば体内の魔力が暴走してしまうと言われている。『薬師』とか『医者』などが適切な調合をして、初めて魔法薬となるのだ。

僕は赤晶をテーブルに戻そうとした。でも、そのとき赤晶の構造が頭の中に滑り込んでくる。ひょっとしたら、ここから魔力を吸い出せるかもしれない……。

（おめでとうございます。スキル『抽出』を会得しました！）

「どうした、セラ?」

喜びに震えているとシドが心配そうに顔を覗き込んできた。僕はスキル『抽出』を駆使して、手にした赤晶から魔力を吸い出していく。燃えるような赤色をしていた赤晶はみるみる色褪せ、最後は灰色の塵《ちり》となって床にこぼれた。これで魔力不足は解消されたな。

「どうなっているんだ?」

驚くシドを正面から見て違和感を覚えた。無意識に『スキャン』が発動した結果だ。

「シド、噛み合わせが悪いみたい」

「噛み合わせ?」

「上の歯と下の歯の接触状態のこと。これを調整するとパフォーマンスが上がるよ」

「ぱふぉ?」

僕は両手でシドの顔を押さえる。

「お、おい……」

「大丈夫、痛くないから」

たくさんの人を診療したからスキルの熟練度が上がっているみたいだ。僕はなんなくシドの治療を終えた。時間にして十分くらいだ。この調子で頑張れば、修理はもっと速くなるかもしれない。

「どう?」

「いや、よくわからんが……」

「そのうちにわかるよ。さあ、ご飯を食べよう」

「そうだな」

僕らは昼ご飯に取り掛かる。硬いパンをちぎって口に入れたシドが不意に顔を上げた。

「どうしたの?」

「なんだかいつもより飯が美味い気がする。噛み合わせのせいかな?」

嬉しそうにしているシドを見て、お昼ご飯がずっと美味しくなった。

3　秘密の菜園

今日も砂漠の収容所に監獄長のダミ声が響いている。部屋にいても聞こえるから厄介だ。

《聞け、クズども！　飛空艇が到着する日だ。今回の荷物には卵や油が入っているそうだ。せいぜい稼いで豆以外のものを食ってみろ。腕は太くなるし、しなびた女の胸も大きくなるってもんだ。栄養を付けたらまたダンジョンへ潜れ！　能無しどもの奮闘を期待する》

相変わらず監獄長の放送は品性の欠片もない。でも卵か……。久しぶりに食べてみたいな。

ジョブに目覚めてからは楽に稼げるようになったから、以前のようにお腹を空かせていることもなくなった。だけどエルドラハに入ってくる食料品はバリエーションが少な過ぎるのだ。前世の記憶がある僕としてはどうしても物足りない。

「セラ、遊びに来たよ。はい、お土産のスイカ」

リタが僕の部屋へやってきた。最近のリタは僕の部屋に入り浸りだ。

「だって、セラの部屋は涼しくて過ごしやすいんだもん」

リタは上着を脱いでさっそくくつろぎだした。すっかり部屋に馴染んでいるのはいいんだけど、大胆過ぎて目のやり場に困ってしまう。

「アイスロッドが見つかったら、リタの部屋にもエアコンを取り付けてあげるからね」

リタとシドにも作ってあげると約束しているのだ。

「ありがとう。でも、最近はなかなか宝箱が見つからないのよね」

ダンジョンにはときどき宝箱が出現する。マジックアイテムはそこから見つかることが多い。

リタから手渡されたスイカを受け取ると、それはよく冷えていた。

「知り合いの魔導士に冷やしてもらったの。私は隣のスケベジジイを呼んでくるから、セラはスイカを切っといて」

「了解。こんな感じ?」

『解体』を使えば、ちょっと触れるだけでスイカは好みの形に切ることができる。とりあえず、スイカの表面がバラの花束のように見えるようにカットしてみせた。花弁の縁は白く、奥に行けば赤くなるグラデーションが美しい。これも前世の記憶だ。どこかのメディアで見たのだろう。

「すごい……」

「あとでもっと食べやすく切るね。これはリタへお礼の花束だよ」

「この天然女殺し……」

「喜んでもらいたいだけだって……」

「そういうところ!　とにかくシドを呼んでくる」

リタは顔を赤くして出ていってしまった。僕もなんだか照れくさい。今度はクジラの形にカッティングすることにしよう……。

シドを加えて三人でスイカを食べた。

「スイカだなんて豪勢だよな」

シドの言う通りエルドラハでは破格の食べ物だ。飛空艇は三日に一回くらいしかやってこない。運ばれる食料も限定されるのだ。

「塩をかけると甘みが増すって聞いたことがあるよ。脱水症を予防してくれる効果もあるんだ」

「げえっ、スイカに塩？　ちょっと信じられない」

リタはそう言いながらも、僕が『改造』した塩に手を伸ばす。シドも興味があるようで振っていた。

「本当だ。たしかに甘みが増すわね。でも、私はそのままの方が好きだな」

「俺は塩をかけるのが気に入った。これは美味い」

好みはそれぞれのようだ。

「僕はもっとスイカが食べたいよ。この種を植えたら育たないかな……」

シドは種ごとスイカを飲みこみながら呆れている。

「エルドラハの砂でスイカが育つのか？　だいたい作ってもすぐに盗まれるぞ」

問題はいろいろあるけれどなんとかなるかもしれない。

「土は僕が『改造』で作ってみるよ。場所はダンジョンの目立たない部屋ならどう？」

「おい、本気か？　だけど日光はどうする？　詳しくはないが植物には太陽の光が必要だろう？」

「それもなんとかする。これを使ってね」

「魔導ランプ？」

地下ダンジョンに秘密の畑を作るか……。なんだか面白くなってきた。

◇

数日後、デザートホークスは地下一階の第八区を歩いていた。僕らは大量の砂を背中に背負っている。

「セラ、どこまで行く気だ？　そろそろ限界なんだが……」

「オッケー、ちょっと待ってね」

修理でシドの疲労物質を取り出し、筋肉の疲れを取ってあげた。

「ふぅー……体が軽くなる」

「マッサージよりも効果があるでしょう？」

「ああ、いい気持ちだ」

シドはうっとりとしている。

「リタにもやってあげるね」

「セラは平気なの？」

「うん、ぜんぜん疲れないよ」

重力の呪いが解けてからこっち、僕は疲れに無縁だ。万が一疲れたとしても、このように修理ですぐに治せる。

「それにしてもセラはタフね。砂の他にいろんな道具まで運んで……」

「畑を作るための道具だよ。あ、ここなんかいいんじゃないかな？　入ってみよう」

目の前の部屋に続く扉を開けると、中にいた一角兎が二頭で突進してきた。ウサギと言ってもかわいいのを想像しないでね。こいつは体長が一メートルはある恐ろしい魔物だ。槍のような鋭い角が迫ってきたけど、僕は根本を手で掴み、壁に叩きつけて戦闘を終わらせた。

「常識外れな戦い方をしやがって……。最近かわいげがなくなってるぞ」

シドが倒れた一角兎を覗き込んだ。

「いいじゃない、夕飯のおかずができたわ。今日はウサギのシチューにしましょう」

リタは肉が得られて満足そうだ。レッドボアと同じで一角兎も食べられる魔物だ。

僕は部屋を見回して確認した。十五メートル四方くらいの正方形の部屋で広さはじゅうぶんにある。第八区は魔結晶がほとんど採れない枯れた場所と言われているから人が来ることもないだろう。念のために扉を改造して鍵をつけておくか。

「よおし、始めるぞ！　僕は床に穴をあけるから二人は休憩していて」

「まったく元気な奴だぜ」

さっそく畑となる場所を『改造』と『解体』で作っていく。石の床に二メートル×一メートル、深さ四十センチの溝を作った。たいした広さじゃないから時間は五分もかかっていない。

「なんだこれは、俺の墓穴か？」

「サイズ的にはぴったりだけど、これは畑だよ。今から土を作るからね」

畑の横に少し大き目の魔導具を二つ設置した。

「それはなんなの？」

「マジックランプを改造して作った人工太陽照明灯と、湧水杯《ゆうすいはい》を改造して作った散水機だよ」

湧水杯は水が湧き出る器で、大きさはラーメンどんぶりくらいある。魔結晶を利用して水を作り出す魔導具だ。僕はそれを改造して散水機を作ったわけだ。

「この穴の中に運んできた砂と油かす、麦のふすまを入れるんだ」

「油かすや麦のふすまなんて何にするのかと思ったら土を作るためだったのね」

「その通り。最後に散水機から水も入れて、改造のスキルを発動させる」

僕は両手を穴につっこみ魔力を流し込んだ。茶色い砂が湿り気を帯び、豊かな土壌へと変化していく。

「リタ、カルシウムとリン酸が欲しいから一角兎の骨を持ってきて」

「かるしう？　わかったわ」

魔法により微生物の働きも活発になってきた。

「とってきたわよ」

まだ血の滴る骨をリタが持ってきてくれる。

「いいよ、そのまま穴に投げ入れて。もう少し時間がかかりそうだからリタは肉を焼いておいてよ。それでお昼ご飯にしよう」

「任せといて」

リタはすらりと剣を抜いた。お得意のフレイムソード焼きをしてくれるのだ。

農業用の土が完成するのに三十分かかった。でも用意した穴の土は黒々としていてホカホカと湯気を立てている。

（おめでとうございます。スキル『発酵』を習得しました！）

今度は発酵に特化したスキルだな。これで次回からは土づくりの時間が短縮するに違いない。お酒造りも簡単にできそうだ。きっとシドが喜ぶだろう。

「持ってきたスイカの種やジャガイモを植えちゃう？」

「それはまた今度でいいよ。どれくらいの深さに植えるかもわからないもん。今日はここに置いておこう」

前世の記憶にも農業の知識はないんだよね。

「だったらどうするの？」

「先日、固有ジョブが『農夫』のおじさんを治療したんだ。その人に相談してみる。謝礼が折り合えば、作物を育てるのを任せてみようと思っているんだ」

畑はもっと大きくしたいから明日も砂を運んで来よう。ついでに農夫のジャカルタさんにも来てもらえるといいな。


翌日も僕は砂を運んだ。シドとリタは別行動で採取に励んでいる。僕はジャカルタさんと二人で地下一階第八区の秘密農場へ移動した。

「おお……」

畳一畳ほどの畑を見てジャカルタさんが涙ぐんでいる。

「どうしたんですか、どこか痛いところでも？」

「そうではありません。そうではありませんが……」

ジャカルタさんは嗚咽まで漏らして泣き始めてしまった。

「ジャカルタさん……」

「失礼しました。ですが私は感動してしまったのです」

「感動？」

「はい。ご存じの通り、私の固有ジョブは『農夫』です。ですがこの収容所に来て以来、ずっと畑というものを見ておりませんでした。八年ぶりに畑を見て、私の血がざわめいたのです。魂が震えました……」

家庭菜園ともいえないくらいの小さな畑が大人の人をこんなにも感動させるんだ。

「それでは……」

「はい、ぜひ私にも協力させてください。ここに一大地下農園を作り上げましょう！」

その日、僕は新しい畑を作り、ジャカルタさんはスイカの種を蒔いた。

「どれくらいで芽が出るのかな？」

「それはすぐです。この品種なら収穫までは五カ月を見ておいてください。私がスキルでサポートするので普通よりは早いはずです」

「楽しみだなあ。他の種や苗も手に入れるね」

「夢のような話ですなっ！　ぜひぜひお願いします！」

この分なら近いうちに新鮮な果物や野菜が食べられそうだ。もっともっと畑を広くするとしよう。

◇

エルドラハは本日も晴天なり。空気は乾き切っていて雨の降る気配は一切ない。ここの天気は単純だ。カンカン照りか砂嵐、その二つしかない。もともと人が住めるような土地じゃないのだ。だから収容所になっているわけだけどね。僕はその地で農業を始めている。目下の悩みは水不足だった。

「畑が大きくなり過ぎて散水機が足りないんだよ」

大きなため息をついてリタとシドに愚痴った。

「散水機ならまた作ればいいんじゃない？　魔結晶のストックだってたくさんあるでしょう？」

「それがね、どこを探しても湧水杯とマジックボトルが見つからないんだ」

砂漠で生きる者にとってこの二つは生活必需品だ。宝箱から見つかったとしても、市場に出てくることは滅多にない。たとえ出たとしてもすぐに売れてしまうのだ。前回はたまたまゴミ捨て場で割れた湧水杯を見つけたけれど、さすがに二個目は見つかっていなかった。

「邪魔をする」

誰かがやってきたと思ったらメリッサとタナトスさんだった。

「こんにちは。今日はどうしたの？　なにか困っているみたいだけど」

僕がそう言うとリタとシドが驚いた。

「はっ？　メリッサって無表情じゃない。どこをどう見たら困っているように見えるのよ」

「え？　だっていつもより眉が少し寄っているし、肩を落として気落ちしているみたいじゃない」

「いや、どう見ても普段通りだろう。俺にもぜんぜんわからんぞ」

リタとシドにはわからないのか？

「実は少し困っている」

「ええっ⁉」

ほらね。気を付けて見ていればメリッサの表情はころころ変わるのだ。その動きはすごくちょっとだから、わかりにくいとは思うけど。

「セラ、黒い刃の装備を修理してはもらえないだろうか？」

「うん、いいよ。どこにあるの？」

見たところ、メリッサのもタナトスさんの装備も破損している感じには見えない。剣が刃こぼれでもしたのかな？　僕の疑問にはタナトスさんが答えてくれた。

「地下四階でサンドシャークの大群に遭遇してしまったのです。幸い死者は出ませんでしたがチームメンバーの装備はボロボロになりましてね。新調するにしても時間がかかると思いますので、セラ殿に修理を依頼したいわけです。どうぞ黒い刃の本拠まで足を運んでいただけないでしょうか？」

サンドシャークは砂の中を泳ぐサメで非常に凶暴だ。群れで人間を囲んで襲ってくる。

「承知しました。今日はダンジョンに行く予定もないのですぐにうかがいましょう」

謝礼の魔結晶もたくさんもらえるそうなので、僕はメリッサの依頼を引き受けることにした。

「シドとリタはジャカルタさんを送っていってあげて」

地下菜園とジャカルタさんの護衛は二人に任せて、僕はメリッサたちと出かけた。

◇

エルドラハの住民は月ぎめで部屋を借りている。たとえば僕とシドの住む部屋はひと月に赤晶なら三百gで借りられる一番安い部屋だ。広さは六平米しかなく、トイレやキッチンは近所の人たちと共同のものを使う。

これがリタの借りている部屋だと事情はだいぶ変わってくる。家賃は赤晶で一キロと倍以上だけど、部屋はずっと広い二間続きだったし、トイレもついていた。といっても風呂はない。僕もそろそろ引っ越そうとは思っているのだけど、地下菜園のことで延び延びになっているのだ。

このようにエルドラハの賃貸事情はそれぞれだ。だけどここはどういう場所なのだろう？案内された黒い刃の本拠はお屋敷と言えるくらい広かった。二階建ての建物がぐるりとめぐらされていて、真ん中には中庭もある。

「これ全部が黒い刃の家なの？　広いなあ」

「四十人で住んでいるからな」

「じゃあ、メリッサもここに住んでいるんだね」

「私の部屋を見たいか？」

「うん」

「………後で見せてやる」

メリッサがそう言うと周りの人々が驚いていた。

「姫様がご自分の部屋に人を入れるだと？」

「ありえん。お付きの侍女以外誰も入ったことがない場所だぞ」

そんな特別な場所に招待してもらえるなんて嬉しいな。でも――。

「そんなに恥ずかしいなら無理しなくてもいいよ」

「恥ずかしい？　私が？」

「うん、だってそういう表情をしているじゃない」

「うっ……」

こんなやり取りをしていたら、また周りの人々が騒ぎ出した。

「姫様の表情を読めるだと⁉　この小僧何者だ⁉」

「お、恐ろしい奴め……」

なにこの珍獣扱い……。

「構わぬゆえ、案内する。だが先に仕事だ」

「うん、壊れた装備品はどこ？」

「こっちだ」

通された部屋には壊れた装備品が山のように積まれていた。これは腕の振るい甲斐がありそうだ。

「必要なものはあるか？」

「そうだな……、捨ててもいいゴミを全部持ってきてよ。もう修理しようがない剣とか弓とかね」

「わかった」

再利用できるものが多いほど『修理』や『改造』ははかどるのだ。僕はさっそく仕事に取り掛かることにした。

「へえ、いい鎧を使っているなあ」

黒い刃の装備は高級品ばかりだった。金属と皮を使って重量と防御力をバランスよく配分している。だけどまだまだ改良の余地はありそうだ。魔導錬成師の魂が騒ぎ出している。

「メリッサ、少しだけ改造してもいいかな？」

「どうするというのだ？」

「強度を上げて軽量化するんだ。武器の攻撃力も上げてみるよ」

「そんなことができるの？」

「お試しでひとつ作ってみるね」

柄の折れた戦斧《せんぷ》があったので僕は持ち上げた。

「サンドシャークにやられた痕？」

「そうだ。奴らの歯は鋼鉄をも切り裂く」

「地下四階ともなると強力な魔物が多いんだね。でも、それだけ鋭い歯なら武器として利用できないかな？　たとえば矢じりとかね」

「なるほど。有名なのはサンドシャークの浮袋だがそういう手もあるか」

「浮袋なんて何にするの？」

「マジックボトルの材料になるのだ。魔導具師に売ればいい魔結晶と交換してくれる」

マジックボトルだって⁉　僕が今いちばん欲しいものじゃないか。サンドシャークの浮袋がマジックボトルの材料になるんだったら、散水機の材料にもなるかもしれないぞ。

「メリッサはサンドシャークの浮袋を持ってるの？」

「ああ、今回の戦闘で二つほど手に入れた」

「見せてもらってもいいかな？」

持ってきてもらった浮袋を確認すると、やっぱり散水機の材料になりそうだった。

「メリッサ、修理のお礼は魔結晶じゃなくてサンドシャークの浮袋じゃ駄目かな？」

「私は構わんが、それでは割に合わなくないか？」

魔結晶でもらった方が価値はあるんだけど、僕にとってはこちらの方が都合はいい。

「いいの、いいの。お願いね」

水不足が解決できることがわかって僕は上機嫌だった。張り切って修理をしていくことにしよう。

「この戦斧を改造してみるか……」

そうつぶやくと近くにいた大男が待ったをかけてきた。

「待て、待て。それは俺の戦斧だぞ。勝手にいじってもらっては困る」

身長が二メートル以上ある男の人が僕を睨みつけている。ゲジゲジ眉で口ひげも真っ黒だ。ずいぶんと大きくて重たい戦斧だと思ったけど、この人なら使いこなせるのだろう。

「あなたの戦斧ですか？」

「そうだ。俺は黒い刃一の力持ち。剛力のキャブルだ」

「使い慣れた物でしょうからバランスを崩したりはしませんよ。とにかく折れた柄をくっつけてしまいますね」

簡単な修理なので一分もかからない。でも、あっという間に直したのでキャブルさんは驚いて目を見開いていた。

「これでよしと。どれどれ……」

修理の終わった戦斧を振って不具合がないか確かめる。これだけ重くて切れ味がよければ、攻撃力も高そうだ。でも、ロマンが足りていない……。

「俺の戦斧をそのように軽々と……」

驚くキャブルさんにメリッサが説明する。

「セラは力持ち。レッドボアを持ち上げる」

「はあっ⁉　姫様、何を言って……」

驚いているということは、僕がレッドボアを持ち上げるのを見ていなかったんだね。

「キャブルさん、この戦斧をパワーアップしてもいいですか？」

「かまわんが……」

お許しが出たのなら早速やってしまおう。手持ちの赤晶と緑晶を使って斧の背面にジェット機構を取り付けちゃえ！

できあがった戦斧をキャブルさんは不思議そうに見ている。

「なにやら奇怪な穴が二つ付いているのだが……」

「それはジェットの噴射口ですよ。そこから噴流が排出されて、その反作用で斧が推進力を得るんです」

「じぇ、じぇっと？」

「百聞は一見に如かずですね。使い方を御覧にいれますので来てください」

僕らは中庭に移動した。メリッサをはじめとした黒い刃のメンバーも何事かと集まってきている。ちょうどいい岩が中庭にあった。高さは三メートルくらいで僕よりも大きい。

「メリッサ、あの岩に攻撃してもいい？　後で直すから」

「うん、好きにして」

僕は戦斧を背負った状態でみんなを見回す。注目を浴びているから緊張するな。でも、パワー重視の戦士だったらこういう武器が好きなはずだ。

「それじゃあ始めますよ！」

戦斧を右腕に持って跳躍する。重力の呪いから解き放たれた僕のジャンプ力はちょっとした自慢だ。七メートルほど飛び上がって、戦斧を大上段に構えたところで落下が始まる。僕は戦斧に魔力を送り、発動の準備を促した。そして戦斧を振り下ろすと同時にジェットを起動する。

「唸《うな》れ！　爆砕の戦斧‼」

うなりを上げた戦斧は見えない速さで大岩に激突して、岩を粉々に破壊した。それどころか大地にめり込み大量の砂が空中高く舞い上がる。

「ゴホッ、ゴホッ！　ごめんメリッサ。自分でもここまで強力とは思わなかった。これは必殺の一撃として取っておかないとダメなやつだね」

強力な風が巻き起こり、砂煙を館の外へと押し流した。黒い刃の風使いが魔法を使ったようだ。

「小僧……なんという奴だ、貴様は……」

キャブルさんがのっしのっしと近づいてくる。怒っている？

「すみません。でも、キャブルさんのパワーなら制御できると……」

毛むくじゃらの手が僕の頭に伸び……髪の毛をくしゃくしゃとなでられた。それからいきなりギュッとハグされてしまう⁉

「えええええっ⁉」

キャブルさんは僕を自分の肩へひょいと持ち上げた。

「見たか、各々方⁉　こいつは天才だぞ！　うわはははははっ！」

周りで見ていた人々も騒ぎだす。

「セラ殿、私の剣も改造してくだされ！」

「あ、はい。ガンブレードでも作りましょうか？」

「俺の盾も頼む」

「スパイラルカッターを内蔵して投げられるようになんてどうかな？　キャプテン・エルドラハ……なんちって」

皆が武器を持って僕に殺到してきたから焦ってしまった。興奮し過ぎだって。全員が同時に改造を頼んでくるので対処のしようがない。

「それくらいにしておけ！」

メリッサが大きな声を出したので皆が黙った。

「今日は普通の修理だけでいい」

「しかし、姫様。キャブル殿だけずるいですよ」

メンバーの一人が文句を言った。

「だめ、私の部屋に招待するのだから」

キッパリとした口調のメリッサに反論する人はいなかった。


修理を終えた僕はメリッサの部屋に招待された。とにかく広い！　僕の部屋の十倍はあるんじゃないかな？　大きな鏡台や革張りの読書椅子など、品のよい調度がそろっていてゴージャスだ。クッションがたくさん置かれた寝椅子に僕とメリッサは並んで座った。

「すごいなあ、メリッサは。そういえば皆が君を姫様って呼んでいたけど、僕もそう呼んだ方がいいのかな？」

メリッサはふるふると首を横に振った。

「今まで通りメリッサでいい」

「うんわかった。僕の両親はグランベル出身だったらしいから一応聞いてみただけ」

メリッサがピクリと反応する。

「グランベルのどの辺り？」

「さあ、詳しいことは聞いていないんだ。僕はエルドラハ生まれだからね。だからグランベルの民って意識は薄いかな」

前世は日本人だし。

「私はしがらみに囚われ過ぎている」

メリッサの表情は少し悲しそうだった。四十名もの臣下に囲まれている生活はプレッシャーなのかもしれない。

「メリッサもいろいろと大変なんだね」

そう言うと、メリッサは僕に体を傾けてきた。

「セラは優しい。セラは私を怖がらない。セラといると楽だ」

「怖がる？　誰がメリッサを怖がるの？」

「みんなだ。私は強いし、何を考えているかわからないと言われる。表情が乏しいのだろう」

メリッサは自分のことを強いというけれど、自慢している感じではない。事実を淡々と述べているだけのようだ。それから表情が乏しいか……。

「表情が乏しいなんて嘘だよ。僕にはわかるもん。今だってメリッサはとても悲しそうだ」

「わかるのは……セラだけだ」

たくさん話すわけじゃないけど、メリッサは僕といて楽しそうだった。日が傾いて暑さもだいぶマシになっている。吹き抜けていく風が気持ちよかった。

「このお茶、美味しいね」

「ジャスミン茶だ」

初めて飲むお茶だったけど、とてもリラックスできる気がする。

「なんだか眠くなってきちゃった。魔力を使い過ぎたかな」

「眠ればいい。夕食を用意させるからここで休んでいけ」

「そう？　……じゃあ、お言葉に甘えて……」

目を閉じると、メリッサの指が僕の頭をなでている感触がした。僕はうっとりと身を任せる。風に更紗のカーテンが微かに音を立てている。静かで落ち着いた午後のひと時。そしていつしか僕は眠りに落ちていた。

◇

寝息を立てるセラを膝に抱き寄せて、メリッサは不思議な気持ちになっていた。弟がいたら姉はこんなことをするのだろうか？　それとも年下の恋人？　母性とも恋心ともつかない感情が湧き上がっている。

かつてこれほど、身分に関係なく自分を恐れないで、親切で、理解してくれる者はいなかった。これからだって、セラのような存在は現れないかもしれない。そう考えると、無防備に自分の膝で眠る少年が愛おしくてたまらなかった。

メリッサは優しくセラの髪をなでた。銀色の毛は柔らかく、スベスベと指をくすぐる。起こしてしまうかもしれないと心配しながらもやめることができない。

ふいに、セラの首筋に妙なものが見えた気がしてメリッサは髪の毛をかき分けた。痣？　そうではない、これは紋章だ。盾にとまった鷹の意匠。グランベル王国が誇る四大伯爵家のひとつ、ノキア家の紋章だった。

「失礼いたします」

替えのお茶を運んできた侍女がセラとメリッサの姿を目にとめて驚く。だが、侍女はなにも見なかったふうを装った。

「アムル、至急タナトスを呼んできてくれ」

感情が表に現れにくいと言われる姫であったが、侍女のアムルもこのときばかりはメリッサが焦っている様子がよくわかった。

タナトスはすぐにやってきた。

「姫様、いかがされましたか？」

「これを見ろ」

言われるままにセラの首筋を覗き込んだタナトスの瞳が大きく見開かれた。

「紋章？　これは守護の鷹！　まさかとは思っていましたがこれで確信が持てました。やはりセラ殿はノキア家の跡取り」

「うん……私の許婚《いいなずけ》だ……」

グランベル王国において、王女は四大伯爵家に嫁ぐのが慣例だった。順番からいって、メリッサはノキア家との婚姻が決まっていたのだ。

これまでのメリッサだったらそんな慣例など気にも留めなかっただろう。たとえ亡国の王女とならなかったとしても、親の決めた結婚などしたくないと突っぱねたかもしれない。だが、相手がセラだというのなら話は別だ。メリッサはセラの紋章を隠すように髪をなでつけ、そして優しく抱き直す。まるで誰にも渡さないと言わんばかりに。

◇

優しく揺すられて目が覚めた。窓の外が夕焼けで真っ赤になっている。だいぶ眠っていたみたいだ。

「夕食の支度が整う。食堂に行こう」

メリッサは平静を装った感じで言うけれど、表情を見ると、どういうわけかかなり動揺していた。

「どうしたの？」

「どうもしにゃい」

顔はいつも通りにしているけど噛んでいる……。

「にゃいって……」

「ね、猫のまねだ……」

かなり苦しいぞ。

「僕が寝ている間に何かあった？」

「セラ、両親の名前を憶えているか？」

この場合、タカオとフジコは関係ないよな。

「うん、母はイシュメラ、父はセドリオだよ」

どういうわけか、そばにいたタナトスさんが大きく頷いている。

「あ、僕の両親を知っているのですか？」

「グランベルの王宮で何度も君のご両親に会ったことがある。私は元々グランベル王国の近衛騎士団長だったのだ」

「ええっ⁉　そうなのですか」

「うむ、君はお母上によく似ているな。イシュメラ殿はグランベルの真珠と讃えられるほどの美貌の持ち主だったのだよ」

厳しい顔つきのタナトスさんがふっと昔を懐かしむ表情をした。

「じゃあ、父さんと母さんが王国の貴族だったって本当なんですね。詳しいことは聞いていないから、半分嘘だと思っていました」

「嘘だなんてとんでもない。ノキア家は王国の重鎮、四大伯爵家のひとつなのだ。ご両親はどうして君に事実を教えなかったのか……」

「たぶん僕が過去に囚われないようにしていたのかもしれません。過去の栄華にすがることなく、このエルドラハで力強く生きてほしいと願っていたのだと思っています」

両親の言葉の端々にそんな感情が隠れていた気がする。

「そうか……。豪胆なセドリオ殿らしい考え方だ」

「ところで、どうして突然僕の両親の名前を訊くのですか？」

「君が本当にノキア家の跡取りかを確かめたかったのだ。もしそうなら君は姫様の、っ！」

いきなりメリッサが抜いた曲刀が閃き、タナトスさんの言葉を遮った。幅広の刀身がタナトスさんの眼前に突き出されている。

「余計なことは言わなくていい」

「……承知しました」

「僕がノキアの跡取りならメリッサのなんだというの？」

「それは……ナイショ……」

内緒って……。でもメリッサが本当に困っているみたいだからそれ以上の追及はやめておいた。

◇

夜空の下を元気に駆けていくセラをメリッサは見送っていた。すぐ後ろにはタナトスが控えている。

「よろしかったのですか？　事実は早めに告げておいた方がよかったと思うのですが」

「いきなり許婚などと言ったらセラも困惑するだろう」

「しかし、王家復興を願う我らにとって、セラ殿は希望の星でもあります」

「セラが拒否することも考えられる。無理強いはできない……」

表情こそ変わらなかったがメリッサの声はかすれるように小さくなった。

「そんな弱気でどうしますか。我々で因果を含めて、なんとか婚姻に応じてもらうしかありません」

「そんな急には……は、恥ずかしいではないか」

「姫様？」

メリッサは決意を秘めた目でタナトスを見つめた。

「しばらくセラと行動を共にしてみる。そうすれば互いのことがもっとわかり合えるだろう。

デザートホークスは地下四階でサンドシャークを討伐するというからついていこうと考えている」

「承知いたしました」

氷の鬼女と恐れられ、普段から冷静沈着なメリッサの体温が興奮で上がっている。タナトスもそれ以上の進言は避け、しばらく様子を見ることにした。

◇

地下四階に行ってサンドシャークと戦うという話をすると、リタは喜んで賛同してくれた。

ところが、シドはあからさまに嫌そうな顔をしている。

「わざわざ危険なところにいかなくてもいいだろう?」

「だって、サンドシャークの浮袋があれば散水機だけじゃなくて、シャワーなんかも作れるんだよ」

「そんなこと言ったってよお……」

やっぱりシドは消極的だ。でも、ダンジョンに詳しいシドにはぜひとも一緒に来てもらいたい。

「畑が広くなればシドにいいものを作ってあげられるんだけどなぁ……」

「いいもの？　なんだよ？」

スキル『発酵』を使えば比較的簡単にできるあれだ。

「焼酎」

「ショウチュウ？　聞いたことがないな」

「麦やナツメヤシで作れるつよ～いお酒だよ」

「酒だと!?」

釣れた！　予想はしていたけどチョロ過ぎだよ……。でも、シドのこういうところはかわいい。

「お酒ですって!?」

予想外にリタまで反応している。

「リタも飲みたいの？」

「うん、一度飲んでみたいと思っていたんだ」

リタはまだ飲んだことがないのか。そういえば僕だって、結城隼人としても、セラ・ノキアとしてもお酒を飲んだ経験はゼロだ。どんな味がするかちょっと興味はある。

「じゃあ、作物を作って、お酒を造ってみようよ。そのためにも地下四階でサンドシャーク狩りね！」

最終的にはシドもノリノリで協力してくれることになった。

◇

デザートホークスはメリッサを助っ人に加えてダンジョンに乗り出した。危なげなく地下一階を通過して、今は地下二階にいる。

「おっ、緑晶みーつけたっ！」

魔結晶も順調に見つかり、背中のリュックサックもパンパンになっていた。

「大丈夫なの、そんなに担いで？」

みんなの分も僕が担いでいるのでリタは心配そうだ。

「余裕だよ。でも次回からはリヤカーでも作って持ってきた方がいいかもね」

「リヤカー？」

「人が引っ張る荷車だよ」

ポーターを雇うよりそっちの方が早そうだ。

先頭を歩いていたシドが足を止めた。

「待て、人の気配がする……」

シドは僕らをその場に残して、明かりも持たずにゆっくりと前に進んでいく。斥候《スカウト》の固有ジョブを持つ人は暗闇でも目が利くのだ。しばらくすると、シドはするするとこちらに戻ってきた。

「やっぱりそうだ。前方で待ち伏せしている奴らがいるぞ」

ダンジョンにはしょっちゅう強盗が出没する。人が集めた魔結晶や素材をかすめ取る汚い奴らだ。そういう輩は露見すると袋叩きに遭うけど、犯罪者は後を絶たない。

「盗賊は全部で十五人だ。迂回するか？」

数だけで言えば僕らの倍以上だ。余計なトラブルはいやだけど、放置するのもどうかと思う。善良な採取者が襲われることを考えれば良心が咎めるよね。それに迂回すれば一時間以上の遅れが出てしまう。

「排除するよ」

そう言うと、メリッサとリタが同時に声を上げた。

「手伝おう」

「だったら私も！」

そんな僕らを見てシドだけが苦笑を漏らす。

「まったく、顔に似合わず血の気の多い連中だぜ。俺がいちばん温和ときていやがる」

「いちばん悪人面なのにね」

「余計なお世話だっ！」

「シドは休んでいて」

「バカ野郎、俺だってああいう奴らは大嫌いなんだよ」

なんだかんだでシドだってやる気なのだ。

なにも気が付かないふりで歩いていくと覆面をした十五人の盗賊に囲まれた。相手が四人だけだと思って舐めた態度をしている。リーダーと思しき奴が剣を突き付けてきた。

「死にたくなかったら持っている魔結晶を全部置いていけ！」

『スキャン』発動
対象：マコール・メッコラ　三十二歳　身長百七十八㎝　体重八十二キロ
固有ジョブ：曲芸師　スキル：『ナイフ投げ』『煙幕』
戦闘力判定：Ｄマイナス

戦闘力はＤマイナスか。だとしたらシドのＣマイナスよりずっと下だ。ちなみに僕はＡ、リタはＣである。メリッサについてはわからないけど、僕より上だとは感じている。他の盗賊たちも調べてみたけど、全員がＤ以下の判定だった。

ふと見るとこちらから顔を隠すように俯いている男がいた。なんでかわからないけど視線を合わせたくないようだ。スキャンをしてみると知り合いだった。

「あれ、ピルモアじゃないか。なんか下っ端になったみたいだけど、自分のチームはどうしたの？」

覆面をしているのに正体を言い当てられて、ピルモアは飛び上がらんばかりに驚いていた。

「うわ、最低。盗賊にまで落ちぶれたんだ！」

好意を寄せていたリタにまで白い眼で見られている。さすがにちょっとだけ憐れだ。

「う、うるせえ、お前たちには関係ないだろう……」

「なんだ、ピルモア、この小僧はお前の知り合いか？」

「前にポーターとして雇っていただけだ……」

「ふーん……。となると見逃してやるわけにはいかないな。こちらの正体がバレちまう恐れがある」

メッコラは覆面を取って僕を睨みつけてきた。

「可哀そうだが皆殺しにするしかない。悪いなガキども」

「だろうね。アンタの名前がマコール・メッコラってこともわかっているよ。曲芸師さん」

図星をつくと、メッコラの表情に焦りの色がにじんだ。

「どうしてそれを！」

「ここにいる全員の名前を知っているよ。多過ぎて覚えられないけど……」

十五人のフルネームを覚えるなんて無理な話だ。

「これはいよいよ口封じをしなきゃならないようだな……」

盗賊たちは殺気をあらわにして僕たちとの距離を詰めた。ところがピルモアだけは怯えたように後ろに下がる。

「お、俺はやらねえ！　セラ、リタ、俺はやらねーからなっ！」

ピルモアは僕の実力の片鱗を見ているから、自分は無関係だと主張したいようだ。

「なんだ、ピルモア。こんなガキにビビってんのか？」

盗賊たちはゲラゲラと笑っていたけど、ピルモアは顔面蒼白だった。

「そいつは普通じゃねえ、レッドボアを持ち上げるような奴なんだ。手を出さない方がいい！」

「レッドボアを？　あり得ねえよ」

「こんな小さなガキに何ができるっていうんだ」

刃物を持っていないと思って、盗賊の一人が不用意に僕に近づいてきた。ヘラヘラしているけど目は本気だ。僕を殺すつもりでいる。出力を上げた雷撃のナックルをみぞおちに打ち込んだ。もちろん手加減はしている。そうしないと僕の拳はお腹の皮を突き破って血だらけになってしまうからね。

「セラ、雷撃の意味があるのか？」

悶絶している男を見て、シドが呆れたように訊いてきた。うん、ないかもしれない。普通のボディーブローだけでじゅうぶん効いているね。魔力を節約するためにも魔法付与は切っておくか。

高速で動いて十四人の敵を次々と倒した。全員が一撃で倒れたからたいした時間はかかっていない。リタとシドは褒めてくれたけど、メリッサから見るとまだまだみたいだ。

「身体能力に頼り過ぎている。もう少し無駄な動きを削ぎ落とした方がいい」

「うん、こんど戦闘を教えてくれる？」

「任せておけ」

メリッサは力強く頷いてくれた。そしてぼそりとつぶやく。

「もっと強くなってもらわないと困るからな」

「なんで？」

リタが鋭く質問した。

「私のいいなず…………（ボッ）」

「無表情のくせに、なに真っ赤になっているのよ⁉」

「…………赤くない」

明らかに嘘だった。いいなずって何だろう？　僕の知らない言葉なのかもしれなかった。

きついお仕置きをしたので盗賊たちは解放した。あとで名前を公表するので世間が彼らに罰を与えるだろう。そんなことより今はサンドシャークだ。つまらないことでずいぶんと時間を取られてしまったけど、僕らは夕方までに地下四階へ到達した。今夜はここで一泊して、狩りは明日から始める。

「さあ、今日はシチューを作るよ」

僕がそう宣言するとみんなが心配そうな顔をした。

「そんな凝った料理なんて作れるのか？」

「先日は肉を焼いただろう？」

「あれは塩を振って焙るだけだろうが」

これまでの僕を見てきたシドにとっては当然の不安だろう。だけど、前世の日本では様々な動画チャンネルを見てきた僕だ。その中には料理系もあり、レシピもぼんやりだけど覚えている。結城隼人の記憶がよみがえった僕は以前とは違う。それにシチューは野菜と肉を煮るだけの料理で、たいした手間はかからない。

野菜を切り、肉と炒めて、そこに小麦粉を振りかけてさらに炒める。ダンジョンの小部屋にいい匂いが立ち込めていく。ここに焼いたレッドボアの骨でとっただし汁を足して……。

「メリッサ、ミルクをちょうだい」

「なんに使うのかと思ったら、これのためだったのだな」

メリッサの氷冷魔法で凍らせておいたミルクを鍋に入れてさらに煮込んでいく。小麦粉が作用してとろみがついてきた。少し煮込んで塩を入れれば完成だ。

「うーん、いい匂い。美味しそう！」

リタは僕の肩越しに鍋の中を覗き込んでいる。ちょっと近過ぎる……。

「セラにくっつくな」

「なに、メリッサったら嫉妬しているの？」

「セラの邪魔になる」

一触即発しそうな二人に味見用のお皿を渡した。ケンカにならないよう、二つ同時に。

「飲んで塩加減を確かめて」

突然お皿を差し出された二人はびっくりしたみたいだけど、同時に口をつける。

「美味しい！」

「うむ！」

二人とも気に入ってくれたようだ。

（おめでとうございます。スキル『料理』を習得しました！）

魔導錬成師のスキルには『料理』なんてものまであるの？　あ、しかもただの料理じゃないや。魔結晶を使って、限定的ながらマジック効果を付与することもできるようだ。体力のステータスが上がるスタミナ料理なんかも作れそうだぞ。

決戦の前に食べたらよさそうだね。さっそく、明日の朝食で試してみるとしよう。たっぷりとシチューを食べて、その日は早めに休むことになった。

翌日は早朝からパンを焼いた。スキル『発酵』があるので、パン種がなくてもフライパンでふっくらとした美味しいパンを焼くことができた。小麦粉も『改造』で細かくして、不純物も取り除いてある。

「こんな美味しいパンは初めてよ。私、デザートホークスでよかった！」

食べるのが大好きなリタが大喜びしている。

「緑晶の効果をブレンドして『料理』したから、食べると素早さも上がるんだよ」

「そのようだな」

メリッサが効果を確認するように剣を抜いた。その姿は神秘的な神楽舞いを見ているようだ。時に速く、時に緩やかに、緩急自在の揺らめく身体は動きの神髄を極めた達人の域だ。彼女の心は幽玄の境地にあるのだろうか？　でも、食べてすぐ動いたらお腹が痛くなっちゃうよ。

「すごいな……、普段はここまで楽に動くことはできない」

メリッサは満足げなため息をついた。

「効果の持続時間はおよそ四時間だからね」

「これで午前中の狩りは楽勝かもね」

リタの動きも普段よりずっと鋭かった。

シドは床の状態を確かめつつサンドシャークの追跡を開始した。斥候《スカウト》だけあって獲物の痕跡を見つけるのは誰よりも得意だ。

「見ろ、帯状に砂の跡がついているだろう？　これがサンドシャークの通った証拠だ。一、二、三……、六体以上の群だな……」

「それなら浮袋が六つだね！」

「嬉しそうな顔をするな。こっちは命がけなんだからな！」

シドに呆れられてしまった。

「心配しなくても大丈夫だよ。シドは若返ったんだから」

「まあ、全盛期の俺なら切り抜けられるとは思うが……」

シドはまだ自分の体力に自信がないようだ。

「サメの弱点は多くの神経が集まる鼻柱だから、そこを狙えば大丈夫さ」

「よくそんなこと知っているな」

『ナショナルジオグラフィック』で読んだことがあると言っても通じないか。もっとも、サンドシャークと地球のサメでは全然違うとは思う。サンドシャークは強力な土魔法を使い、砂岩の中を泳ぐように移動する。見た目はホオジロザメでもその生態は別物だろう。

それはあまりに唐突だった。石の床が足元でぐにゃりと変化して、口を開けたサンドシャークが襲ってきたのだ。砂と化した床に足を取られたけど、素早さのパンを食べた僕らは余裕を持って避《よ》けることができた。

雷撃のナックルが鼻頭に命中すると、サンドシャークは硬直して動かなくなった。神経が鼻に集まっているのはこの世界のサメも一緒らしい。メリッサも曲刀をサンドシャークのエラに深々と突き刺して仕留めていた。

一瞬しか見えなかったけど、攻撃を紙一重でかわして反撃していた。無駄のない動きは合理的で、背筋が寒くなるほどだ。氷の鬼女とはこういうところからついたあだ名なのかもしれない。僕にとっては守護天使だけどね。

リタは手傷を負わせたものの、残念ながら逃げられてしまっている。

「不利になるとすぐに砂に潜ってしまうのが厄介よね」

追跡が難しい魔物であることは確かだ。

「じゃあ、浮袋を回収するからみんなは休憩していて」

スキル『解体』を使えばたいした手間はかからない。ナイフで腹を捌かなくても浮袋は簡単に取り出せる。しかも、スキルで失ってしまう魔力も拾った魔結晶から『抽出』で補えるのだ。我ながらダンジョン向きの体になったものである。

「そうだ、サンドシャークの歯を利用しようと思っていたんだよな」

「なんに使うの?」

リタが僕の手元を覗き込んでくる。

「矢じりにするんだよ。この素材は属性魔法もつけやすいからいろんな矢が作れると思うんだ」

今は素材集めだけして、『改造』は夜の空いた時間にすることにした。


幸先のいいスタートを切った僕らだったが、サンドシャークはぱったりと姿を現さなくなってしまった。逃げた個体もいるから警戒しているのかもしれない。ただ、地下四階ともなると魔結晶の出現率は高い。僕らはダンジョンを回りながら魔結晶を採取した。

「見て紫晶よ！」

雷属性の紫晶は地下四階より下でなくては見つからないので、リタやシドがはしゃいでいる。

「これさえあれば、ミノンちゃんに会いに行けるぜ」

「スケべじじい……」

「しょうがないだろう、心身ともに若いんだから」

僕のせいでもあるから黙っておくか……。

「これでも飲み屋の女にはモテるんだぜ。この間だって――」

武勇伝を語りだそうとしたシドが、不意に地面を見つめて黙った。

「どうしたの？」

「こいつを見ろ」

石の床には真っ直ぐな砂の跡が長く一筋伸びている。

「サンドシャーク？　一匹しかいないみたいだけど」

「ああ。だがこいつは普通じゃねえ。かなりの大物だ……」

「かなりってどれくらい？」

「わからん……」

明言できないということは、シドでさえ見たこともない大きさなのかもしれない。普通のサンドシャークは二から三メートルくらい。だけどこれは……。

なにかを感じ取ったようにメリッサが床に耳を付けた。

「来るぞ、みんな気を付けろ」

メリッサが床から跳ね退《の》くと同時に巨大なサンドシャークが現れた。六メートルはある巨体は真っ白で、あちらこちらに傷がある。このダンジョンで何度も激戦を越えてきた個体のようだ。

「なんだこいつは⁉　うわっ！」

シドが体勢を崩してしりもちをついてしまう。サンドシャークは大きな口を開けて真っ直ぐにシドへと向かっていった。

「させるかっ！」

僕はシドの前に出て、雷撃のナックルをフル出力で鼻頭に叩き込む。ところが突如現れた土の塊が僕の打撃を防御してしまった。これは土魔法のシールドか⁉　シールドは大地に繋がっていたのでアースの役割をしてしまったようだ。雷撃もサンドシャークには伝わっていない。ただ物理的な威力は盾を破壊して伝わったので、サンドシャークは大きく後方に吹き飛んだ。

すかさずメリッサが曲刀を振るったけど、その攻撃は高い金属音とともに弾かれた。

「硬い」

剣の直撃が弾かれるだなんて、どんな皮膚をしているんだ⁉

「どいてええええ！」

リタが渾身の力でフレイムソードを叩き込む。胴体をフレイムソードで切りつけられて、巨大なサンドシャークは身を翻して砂の中に潜ってしまった。炎の攻撃は効いたようだけど、巨大シャークはそのまま浮かび上がってくることはなかった。

メリッサが再び地面に耳をつける。

「逃げていく」

「どっちに行ったかわかる？」

「もう追いつけない……」

メリッサはすまなそうに、ふるふると首を横に振った。悔しさが込み上げてきた。もう少しで討ち取ることができたのに……。

それ以上のサンドシャークは見つからなかったけど、僕らは魔結晶を採取したり、他の魔物を退けたりしてその日を終えた。地下四階だけあって実入りのよい一日になったけど、僕は少しだけ不満だ。昼間の巨大シャークのことが忘れられなかったのだ。

「ごめん、私が止《とど》めを刺していれば……」

「リタのせいじゃないよ。最初の一撃で仕留められなかった僕が悪いんだ。最近少し調子に乗っていたと思う。一撃で片付けようとしないで、連撃を心掛けていたら取り逃がすことなんてなかったんだ」

メリッサにも言われたけど、僕の攻撃は身体能力頼みだ。もっと修練がいると思う。

「まあ、気持ちを切り替えて、違うサンドシャークを探そうぜ」

シドはそう言ったけど、僕は巨大シャークに固執した。

「やだ」

「やだって、おま……」

「だって、あれだけ大きかったら浮袋だって大きいはずだよ。それを素材に使えば、きっと大きな散水機が作れるはずさ」

「まあな……」

「そうすれば畑だって大きくできるし、作物だっていっぱい作れるよ！」

シドは少しだけ考える顔をした。

「だったらどうする？」

「待ち伏せする」

「昨日の盗賊みたいにか？」

「たとえが悪いけどそういうこと。昨日手に入れたサンドシャークの歯があるでしょう。あれと紫晶で雷属性の矢を作るよ」

サンドシャークの歯は鉄をえぐるほど鋭く硬い。皮膚の分厚い巨大シャークにも通用するに違いない。雷属性の矢の同時攻撃を与えれば動きを止めることができると思う。

僕は夜中までかかって『紫電《しでん》の矢』を三本作った。採取した紫晶をすべて使ってしまったけど悔いはない。


翌日は早朝から狩りを開始した。シドの案内で昨日の巨大シャークが潜んでいそうなところを探した。

「見つけたぞ。こいつを見ろ」

シドの指先には昨日と同じ砂の跡が長く延びている。太さも同じくらいだから、あの巨大サンドシャークに違いない。僕はさっそく装備を外して身軽になった。

「本当に大丈夫なの。囮《おとり》なら私が代わるって」

リタの優しさは嬉しかったけど、素早さは僕の方が上だ。

「いや、私がやろう」

「リタもメリッサもありがとう。でも、この役は僕にやらせて」

僕が一人で歩いていけばきっと巨大シャークは襲ってくるはずだ。反撃したいけど、そこは堪える。奴は形勢が不利だとわかるとすぐに砂の中へ潜ってしまうからね。

僕は襲われたふりをしてみんなが待つこの場所まで逃げて転ぶ。奴が僕を食べようと姿を現わしたら、三人が紫電の矢で攻撃するという作戦だ。紫電の矢は消耗品だけど、一発の威力は雷撃のナックルを上回る。それを三発も浴びせるんだから、きっと感電するはずだ。

「それじゃあ行ってくるよ」

僕は三人に別れを告げて一人で歩きだした。

ダンジョンの壁に僕の靴音が響いている。靴底に飛び出しナイフを内蔵したデザートホークスの特別製ブーツだ。つま先には重さ一トンにも耐えられる鋼板も仕込んである。ダンジョンに現れるのはサンドシャークだけじゃない。他の魔物にも気を付けながら歩いた。

三百メートルも進んだ頃、さらさらと砂の音が後方から聞こえてきた。どうやら奴が来たようだ。気づかないふりをしてそのまま歩き続ける。やがて距離が縮まると少しずつ速足になって僕は逃げ出す。

振り返ると石の床からサンドシャークのヒレが見えていた。乾燥させたらフカヒレとして食べられるかな？　そう言えば前世でもフカヒレの姿煮って食べたことがない。あとで絶対に試してみよう！

ダンジョンを抜けてシドたちが待つポイントへと駆け戻る。後ろのサメは待ち伏せには気が付いていないようで、真っ直ぐに僕を追いかけてくる。走るスピードは僕の方がずっと速いから、相対距離をつかず離れずにして誘い出した。

射撃ポイントまではあと十五メートル。　予定ポイントに到着すると僕はわざと転んでみせた。

「うわあ⁉」

演技力はイマイチだけど、サメが相手ならアカデミー賞は関係ないよね。美味しそうな人間に見えればそれでいいはずだ。巨大なシャークは地面から完全に姿を現し、歯をむき出しにして僕に襲い掛かった。

「今だ、みんな！」

物陰から三本の紫電の矢が放たれる。

「よしっ！」

って、あれ？　巨大シャークは身を翻してすべての矢を避けてしまった。一発も当たらないだなんて、そんな……。ひょっとしてデザートホークスは遠距離攻撃が苦手なの？　サンドシャークのガラス玉みたいな小さな目が小ばかにしたように僕を捉えている。

「このぉ……」

僕は低く身構えて大地を蹴る。僕の頭を食いちぎろうと飛び跳ねたサンドシャークの下側にステップインした。腰を落とした体勢から繰り出すのは天に向かって突き上げるアッパーだ。

「雷竜飛翔拳《らいりゅうひしょうけん》！」

雷撃のナックルを出力最大で打ち上げると、サンドシャークの体が二メートルほど浮いた。だがそれで終わりではない。地中に戻せばこいつはまた逃げるだろう。同じ過《あやま》ちは繰り返さないぞ。

「うりゃりゃりゃりゃりゃりゃりゃりゃりゃりゃあ！」

落下してくるサンドシャークの腹に連撃を叩き込む。突き上げる拳の一発ごとにミシミシとサンドシャークの体が音を立てた。

これで最後とばかりに必殺のリバーブローを決める。いや、サメの肝臓がどこにあるかなんてわからないんだけど、そこは気持ちの問題だ。とにかく、サンドシャークは動かなくなった。スキャンで確認するとちゃんと死亡となっている。

「ふう、終わった」

「待ち伏せの意味がなかったね……」

リタがしょんぼりと肩を落とす。結果的に僕一人で片付けちゃったもんね。

「いやいや、これはセラが悪い」

シドが文句をつけてきた。

「なんでさ？」

「この紫電の矢、変な方向に飛んでいくぞ」

「ええっ⁉」

メリッサの方を見ると、こちらもコクコクと頷いている。どうやら言いがかりをつけられているわけではないようだ。

「そんな、どうして……あっ！」

同時に射たのがいけなかったのかもしれない。電気には引き付けあったり、反発したりする特徴がある。作用か反作用かわからないけど、そのせいで射線がくるってしまったのだろう。

雷撃はインパクトの瞬間に発動しないとダメだったようだ。

「ごめん、紫晶は貴重だから実験できなかった結果だね」

「まあいいじゃない。結果はこれなんだから」

リタが横たわるサンドシャークを指し示した。本当に大きくて魚拓にとって残しておきたいくらいだ。『解体』を使って手に入れた浮袋も大きくて、産出できる水の量も多そうだった。

「みんなもうちょっと待っていてね。こいつの歯も回収するから」

「また矢じりを作るの？」

「違うよ、リタ。今度は自分用の剣を作ろうと考えているんだ」

「この歯で剣？　確かにこれは大きいけど、剣を作れるほどじゃないわ。せいぜい小型のナイフくらいじゃない？」

「えへへ、これは連結して使うんだよ」

サメの歯に穴をあけて魔力伝導率の高いワイヤーで連結するのだ。ワイヤーは伸縮可能で、伸ばせば鞭《むち》に、縮めれば剣として使える。家に帰ったらさっそく作ってみるとしよう。

休憩時にスキルをフル稼働してフカヒレを乾燥熟成させた。『料理』のスキルは偉大だ。これで傷むことなく保存できる。いつか材料がそろったら最高のフカヒレスープを作る予定だ。

4　籠の中の鷹

地下で集めたサンドシャークの浮袋を組み込み、毎分十リットルの水を生みだす機械の設置に成功した。本日はデザートホークスとメリッサ、農業顧問のジャカルタさんにも来てもらってお披露目だ。久しぶりに菜園へ来たけど、ジャガイモやスイカが芽を出していた。成長は順調そうである。

「それじゃあ水を出すよ！」

スイッチを入れると天井のスプリンクラーが回転して霧状の水を吹きだした。湿った土が黒々と色づいている。

「成功ですな！　これで更なる畑を作ることができますね」

ジャカルタさんがうんうんと頷いて涙ぐんでいる。この人は涙腺が弱いのだ。でも、農業にかける情熱は誰よりも熱いので安心して畑を任せられる。

「今回もたくさんの魔結晶を取ってきたので、交換所で野菜を探してみます。種が取れれば蒔けますからね」

交換所とは監獄長が管理していて、帝国から運ばれた品物を手に入れることができる場所だ。数は多くないが酒や野菜、果物なんかもある。種付きの野菜や果物があれば栽培できるかもしれない。その日も畑を少し広げてから、僕らは地上に戻った。

ちょうど飛空艇が到着したばかりで交換所は混雑していた。目当ての荷物を巡って喧嘩まで起きている。

「酒をくれ！　魔結晶ならある！」

「こっちにもだ。紫晶もあるぞ！」

やっぱりいちばん人気はお酒のようだ。肉や卵なんかの需要も高い。僕の目当ては種付きの野菜や果物だけど、シドやリタのために酒や肉も手に入れるとするか。果敢に群衆に分け入り僕も品物を交換しようとした。ところが、不意に横から伸びた手が僕の手首を掴んできた。

「魔導錬成師のセラ・ノキアか？」

目つきの悪い二人組が僕を引き留めている。見覚えのない顔だ。何か用事なのかもしれないけど、僕としてはそれどころじゃない。いい品物はすぐに交換されてしまうので急がなければならないのだ。

「そうですけど、ちょっと待ってもらえますか。今忙しいんで」

「他に酒の欲しい奴はいないか？　あと四本だぞ！」

交換所の職員が大声で煽っている。それなのに男は僕の左手首を離さない。

「俺たちはグランダス監獄長の手の者だ」

そう言えば誰もが言うことを聞くと思っている態度で男は話を続ける。だけど僕には関係ない。男を引きずったまま僕は人ごみに分け入った。

「ちょ、おまっ……」

ズルズルと引きずられながらも男は手を放さない。根性だけはあるようだ。

「すいませーん！　お酒をください！」

「赤晶で二百gだぞ」

「あります」

無事にお酒は手に入れた。おや、この人はまだ手を放さないな。

「ちょ、ちょっと話を聞いてくれ！」

「聞きますからしゃべってください。あ、向こうで肉を売っている！」

僕は肉を交換している人の方へと歩いていく。

「待ちやがれ！」

もう一人が右手首にしがみついてきた。だけど貴重な生肉を諦める気にはなれない。

「そっちこそ待っていてよ。すぐに済むからさあ。うおおおっ!?」

僕を驚かせたのは生きたまま売られているニワトリだった。スキャンで確かめると一歳の雌《めん》鶏《どり》である。

「それ、いくらですか!?」

「坊主が買うつもりか？　言っとくがこいつは赤晶五千ｇだぞ」

エルドラハでニワトリを飼う人間なんて滅多にいない。黒い刃のように本拠地を持っていなければすぐに盗まれてしまうからだ。だけど僕には秘密菜園がある。あそこで飼えば問題はないだろう。上手くいけば新鮮な卵が手に入るかもしれない。

「買った！」

二人の男を振りほどき、リュックサックから魔結晶のかたまりを取り出した。

「本気で買うつもりか？」

「もちろん、鳥かごはつけてね！」

取引はスムーズにまとまり、僕は酒と雌鶏を手に入れることができた。あ、でも野菜や果物がまだだったな……。

「そ、そろそろ話を聞いてもらってもいいか？」

見ると地上にへたり込んだ二人が情けない顔で僕を見上げていた。あっちこっち泥だらけで痣もできている。買い物はまだあるのだけど、なんだか可哀そうになってしまった。

「うーん、手短にお願いします。どういったご用ですか？」

そう告げると、二人は大きなため息をついた。

「さっきも言ったが俺たちはグランダス監獄長の使いだ。頼むから俺たちと一緒に監獄長のところまで来てくれ。いや、来てください」

頭を下げて頼まれると断りづらい。

「野菜と果物を手に入れたいんだけど……」

「怪我人がいるんだ。なんとか助けてはもらえないだろうか？」

「怪我人ですって？　それを先に言ってください。場所はどこですか？」

「中央棟にある監獄長の居住スペースだ」

荷物と鳥かごは二人の男が持ってくれた。僕は案内されるままに怪我人のところへと向かう。間に合ってくれればいいのだが。


中央棟はエルドラハの中心部に建つ八階建ての建造物だ。上層にある二階部分は監獄長のグランダスとその家族が住んでいる。怪我人というのはグランダスの一人娘という話だった。

僕らは正面玄関を抜け、厳重に警備された奥の階段へと向かった。この階段にはピカピカに磨かれた木製の手すりが付いている。居住区のつくりは黒い刃の本拠よりもさらに豪華だった。

「ララベルちゃん、パパの話を聞きなさい！」

「うるせえ、クソ親父！」

扉の前に立つと聞き覚えのある監獄長のダミ声が聞こえてきた。うわあ、監獄長は自分のことをパパとか呼んじゃっているんだ。僕を連れてきた二人の部下もばつの悪そうな顔をしていた。ララベルというのが一人娘の名前である。怪我人と聞いていたけどやけに元気そうだ。

「監獄長、セラ・ノキアさんを連れてきました」

部下の男がノックをすると室内が一瞬静まり返ってから、

「おう、入れ！」

と野太い返事が返ってきた。

通されたのは応接室のようなところだった。革張りのソファーだなんて前世で見て以来の家具が置いてある。ずいぶんと広い部屋だったけど、妙に圧迫された雰囲気があると感じた。それもこれも監獄長が三メートルはある大男だったからだ。

体形はガチムチ、広く開いた襟から盛り上がった大胸筋が必要以上の自己主張をしている。ごつごつしたジャガイモみたいな頭をスキンヘッドにそり上げていて迫力も満点だ。

『スキャン』発動
対象：ドリアード・グランダス　全長二百九十七cm　四十七歳
固有ジョブ：監獄長
スキル
拡声：風魔法で声の音量を増幅させる
捕縛術：魔法で具現化したロープにより対象の身動きを封じる
看守統率：自分の部下となった者の攻撃力と防御力を上げる

威圧：対象者の身をすくませる
鉄鎖術：囚人を縛り付けるための鎖を使った武術
戦闘力判定：Ｂプラス

いつも聞こえてくる声はスキルによって拡声されていたのか！　めちゃくちゃ迷惑なスキルじゃないか。一種の騒音被害だよ、あれは。

長く監獄長をやっているだけあってスキルの数が多い。戦闘力判定はＢプラスか。もっと高いかと思っていた。でも、考えて見ればＣ以上って滅多にいないんだよね。僕とかメリッサとかが特別過ぎるのかもしれない。

「お前が噂の魔導錬成師か？　下層地区で奇跡の治療をすると評判の」

僕の前に立った監獄長が低い声で訊ねてきた。こいつ、スキルの『威圧』を使ったな。たぶん、これから僕に言うことを聞かせるためにやったに違いない。こういうことをされるとやる気がそがれるんだけどなあ……。僕はお腹に力を入れて監獄長の『威圧』に耐える。

「噂のかどうかは知りませんけど、僕のジョブは魔導錬成師ですよ。どういったご用ですか？」

僕が平然としていると監獄長の眉間にしわがよった。

「ガキのくせに根性が座ってるじゃねえか……。お前に診てもらいたい患者がいる」

監獄長は言うことを聞くのが当たり前といった具合に話しかけてきた。これが人にものを頼む態度だろうか。

「娘さんが怪我をしたと聞きましたが」

「その通りだ。そこに座っている子がそうだ」

ソファーに座った子は監獄長と同じようにさっきから僕を睨みつけていた。ただこの子は目つきこそ鋭いけど、父親と違って美人だった。年齢は僕と同じくらいかそれよりも下。身長も少し低い。ピンク色の髪を頭の両サイドで二つに分けている。パッと見たところ元気そうなのだが、顔に大きな傷跡があった。

「怪我というのは顔の傷？」

「そうだ。父親の言うことを聞かずにダンジョンなんかに潜るから」

「アタシは気にしないって言ってるだろう！　これくらい別に普通だろが」

エルドラハでは普通と言えば普通だ。戦う人が多いから、みんなどこかしらに傷がある。

「お前は将来帝都で暮らすんだ。顔に傷のある帝都のレディーなどいないのだぞ！」

「うるせーなー、レディーになんてなんなくてもいいよ！」

「やかましい！　お前は帝都の貴族に嫁ぐのだ。それがお前の幸せなんだぞ」

「バカか!?　そんな暮らしが幸せのわけないだろうが！」

「お前はなにもわかっておらん！」

言い争いが始まった。

「取り込み中みたいですから帰りますね」

親子喧嘩を観戦する趣味はないし、時間だってもったいない。鶏小屋と新しい武器を作りたいのだ。

「待て！」

監獄長が慌てて僕を呼び止める。

「この傷を治していけ」

「いらねーってってんだろ！」

ララベルが大声を張り上げる。

「ハア……、どっちなんですか？」

僕は肩をすくめて踵《きびす》を返した。

「おい、モルガン、ハッド、その小僧を止めろ！」

僕を呼びに来た二人はモルガンとハッドというのか。初めて知ったよ。

命令された二人は僕の進路を塞いだけど、顔には怯えの色が出ていた。交換所でさんざん引っ張りまわされたせいだろう。

「セラさん、悪いけどここを通すわけには……」

敵わないとわかっていても、命令されたら従わないわけにはいかないのが部下の辛さだ。叩きのめすのは簡単だけど、この二人には同情してしまう。

「いいかげんにしてください。患者に治す意思がないのなら治療はできません。僕は帰ります」

「待て！」

監獄長の指先が発光して、そこから金色に光るロープが伸びてきた。ロープはぐるぐると僕を巻き上げて体の自由を奪う。ついでに魔力も吸い取っているみたいだ。

これが監獄長のスキル『捕縛術』だな。このままでは本当に身動きが取れなくなってしまうぞ。

発動、スキル『解体』。

僕を締め上げるロープは光の粒となって霧散した。思った通りだ。『解体』を使えばこの手の縛《いまし》めは簡単に解除できる。ついでに『抽出』も使いマジックロープから失った魔力も取り戻しておいた。

「なんだとっ!?」

「親父のマジックロープがほどけた!?」

顔は似ていないのだけど、同じリアクションを取っているのが面白かった。

「いきなり何をするんですか。もう、本当に帰らせてもらいますからね」

「ま、待ってくれ！　頼むセラ・ノキア。娘の傷を治してくれ！」

初めて名前を呼ばれた。恩も義理もない相手だけど、娘を思う親心と考えれば同情心が湧いてくる。

「なあ、どうやったんだ？　すごいな、お前！」

ラランベルも僕に興味を持ったようだ。ようやく直接話しかけてきたぞ。

「で、どうするの？　君の傷を治す？」

質問すると、ララベルはキョトンとした顔になった。

「治せるのか？」

「ちょっと見せてもらっていい？」

「ああ……」

ぷっくりとした肌には痛々しい傷跡が残っている。耳の付け根近くから鼻にまで伸びる大きな傷だ。

「これはどうしたの？」

「ブルーマンティスを討伐したときについちまったんだ」

ララベルは薄い胸を張る。声にはどこか自慢気な響きがあった。ブルーマンティスというのはダンジョン地下二階で最強と呼ばれる魔物で、体長五メートルにもなる大型のカマキリだ。硬い外皮と鋭い鎌で人に襲い掛かる。

「なんでそんなところに？」

「生まれたときからずっとここに閉じ込められていたんだ。一度くらい冒険をしてみたかったからに決まってるだろう！」

その答えに僕は好感を持った。ララベルの瞳はクリクリしていて、好奇心に溢れてよく動く。たぶんだけど、この娘と僕は気が合う。

「顔に触れてもいいかな？」

「お、おう。べ、別にいいけど……」

怒るかと思ったけど、ララベルは案外素直に頷いてくれた。スキャンの効果を最大にするためには直接触れた方が早いのだ。

『スキャン』発動

対象：ララベル・グランダス　身長百四十九cm　十五歳

固有ジョブ：投擲手《とうてきしゅ》

スキル

投擲：武器を投げて敵に当てる術　命中補正プラス三十％

遠投：飛距離が五十％伸びる

戦闘力判定：Dプラス

はじめて見るジョブだ。でも今はステータスより傷の具合を見ないと……。

「傷はすっかり癒着しているね。これは治癒魔法で治したの？」

「ああ、親父が治癒師を呼んでくれたんだ」

傷跡まですっかり治せるほど腕のいい治癒師は少ない。そんな腕のいい治癒師はエルドラハには送り込まれないだろう。

「問題はこの層か……」

「どうせ無理なんだろ？　アタシは気にしないぜ」

治癒魔法により、傷口を修復するために密度の高い繊維組織ができ上っている。これが盛り上がって傷口を目立たせているのだ。

「うん、きれいに治せると思う」

「本当か⁉」

「時間は三十分くらいかかると思うけど、問題ない？」

「ああ……」

ララベルが不思議そうに僕の顔を見つめてくる。僕は患者を安心させるためににっこりとほほ笑んだ。

「大丈夫だよ。そのままでも美人さんだけど、ちゃんと元通りにしてあげるからね」

「び…………」

「じゃあ、このソファーで治療をしよう。少し詰めてくれるかな？」

「うん……」

いざ治療の段になるとララベルはすっかり大人しくなってしまった。お医者さんとか歯医者さんとかって怖いもんね。わかる、わかる。

「治療のために、もう一度傷口に触れるよ？」

「ん……」

さっきまでの態度が嘘みたいで、借りてきた猫みたいにおとなしい。

スキル『麻酔』そして『修理』発動。

目立つ部分の傷だから、僕はいつもより丁寧に、細心の注意を払ってとりかかった。


おおよそ三十分後、ララベルの傷はすっかりなくなっていた。

「どう、気になるところはある？」

手鏡を持つララベルの手が震えている。

「気にしてないなんて強がってたけど、本当はちょっと嫌だったんだ……。セラ、ありがとう」

「よかったね、綺麗になって」

監獄長も涙ぐみながら喜んでいる。

「これで安心して帝都へ嫁がせられる」

「行かねーって言ってんだろっ！」

お、元気も出てきたようだ。これ以上ここにいる必要もないね。早く帰ってサメの歯で武器を作りたい。

「それじゃあ僕は帰ります」

「おう助かったぜ、小僧。気ぃつけて帰れよ」

そう言った監獄長の顔面にララベルの拳が炸裂した。腰の入ったいい右ストレートだ……。

「お礼もしねーで帰すのか、このケチ親父！」

監獄長の巨体が音を立てて床に沈む。

「ははは……、お礼なんて別にいいよ。それより監獄長を治療しようか？」

気絶したまま動かないぞ。死んではいないようだけど。

「だいじょうぶ、だいじょうぶ！　親父は打たれ強いから」

ララベルは笑いながら手を振った。

◇

その日は夜遅くまで自分の新しい武器を作るのに勤《いそ》しんだ。サメの歯に穴をあけ、あらかじめ作っておいたワイヤーを通していく。このワイヤーは魔力を流すことによって伸縮自在となり強度も上がる。伸ばして使えば刃のついた鞭に、縮めて使うと切れ味の鋭いノコギリみたいな剣になるのだ。

深夜までかかって剣を作り上げると、頭の中でいつもの声が響いた。

（おめでとうございます。スキル『作製』を習得しました）

新しいスキルは道具作りに特化したスキルで、これを使えば大幅な時間短縮が可能になる。これでたくさんの道具作りが可能になるだろう。

外に出ると幾億もの星が天上を覆うぼんやりとした霞のように輝いていた。誰もいない通りを歩いて僕は街はずれに向かう。不審者じゃないよ。新しくできあがった剣、鮫噛剣《こうごうけん》の出来栄えを確認するためだ。あ、じゅうぶん不審者か。まあ、この世界で剣を持ち歩くのは珍しいことじゃない。

エルドラハにも街を守る壁はある。といってもこれは砂嵐から建物を守るためのものだ。だから門に扉はなく出入りも自由である。もっとも大きい砂嵐が来ればこの壁もそんなに役には立たない。人々は地下ダンジョンへ避難する。僕は街を出て大きな岩山のところまでやってきた。

岩山は風で削られ、ざらざらとした石柱がそそり立っているところがあった。星空の下でそれらの岩はまるで魔物の群のようだ。僕は鮫噛剣を抜いて身構える。まずは剣。鋼鉄をも切り裂く鮫の歯が当たると、岩はガリガリと削れて真っ二つになってしまう。これなら実戦でも使えそうだ。

そして鞭。剣としての刀身は五十七センチだけど、ワイヤーを伸ばせば五メートル以上の長さにもなる。レッドボアによく似た岩に、僕は鞭を打ち付けた。風切り音を立てながら鞭は首に見立てた部分へと絡みつく。その状態で魔力調節をしてワイヤーを縮めると、サメの歯が首に絡みつき頭部がぽとりと砂地へと落ちた。

「悪くない……、悪くないけど扱いにくい」

使いこなすには相当な修練が必要そうだ。この夜はそれ以上の実験はせず、僕はおとなしく部屋に帰って毛布をかぶった。

◇

翌朝は大きなノックの音に起こされた。昨日は鮫噛剣を作っていて遅くなったから、今朝は少し寝過ごしたようだ。シドが心配して見に来たのだろうか？　だけど、扉の外にいたのは意外な人物だった。

「おはよう……」

少しきまりが悪そうに視線を逸らしたラベルだった。

「どうしたの？」

「昨日のお礼を持ってきた」

ララベルは両手に大きな荷物を下げている。

「そんな気を遣わなくてもいいのに」

「そうはいかない。セラにばっかり苦労をかけて恩返しもしないとなったら、アタシの女が廃るってもんだよ。あ、あ、あ、上がらせてもらってもいいかい？」

ララベルは顔を赤らめながら訊いてくる。言葉遣いは荒っぽいけど義理堅い性格をしているようだ。父親じゃなくてお母さんに似たのかな？　太陽はだいぶ高い位置に来て、気温も上がっている。直射日光の下はおしゃべりに向いた環境じゃない。

「狭いところだけどどうぞ」

僕は中へ入るように促した。


ララベルは珍しそうに部屋の中を見回した。

「これが男の子の部屋か……」

と言われてもろくに家具もないところだ。珍しいのだろうけどクンクン臭いを嗅ぐのはやめてほしい。

「これ、昨日のお礼」

そう言って突き出してきた袋には食べ物や魔結晶がたくさん詰まっていた。

「うわっ、チーズだなんて久しぶりだな」

「嬉しいか⁉」

ララベルは目を輝かせながら、僕のシャツの裾を掴んで訊いてくる。

「うん。しばらく食べてなかったからね」

滅多に手に入らない高級品だもん。

「でも、魔結晶はいいよ。こんなにたくさんもらうのは悪いから」

「いいから取っとけって！　これがあればもっと広い部屋で暮らせるぞ」

ララベルはずっしりと重たい袋を押し付けてくる。

「引っ越しは近いうちにするよ。それに、君からもらわなくても魔結晶はたくさんあるんだ」

「そっか……、じゃあ心配いらないな」

「そうそう、心配なんていらないよ」

「これでいつでも同棲できる」

「そうそう、いつだって大丈夫さ……はっ？」

何を言っているんだ、この子は……。

「同棲って何？」

「説明させるなよ、恥ずかしいだろう……」

このテレ方を見る限り言葉の意味は理解しているようだ。このマセガキめ……。

「いやいや、ララベルは十五歳だったよね？　まだ成人したばかりじゃないか！」

「愛に年齢は関係ないって」

「年齢以前に僕らはそういう関係じゃないだろう？」

「だからこうして付き合おうって言いに来たんじゃん」

お礼を持ってきたって言わなかったっけ？

「おーい、セラ、いつまで寝てるの？」

「遅いぞ」

リタとメリッサがやってきた。今日も地下菜園へ行く約束をしていたのだ。入ってくるなり三人の視線が刺々しく交錯した。

「誰、その子は？」

「彼女はララベル。監獄長の娘さんだよ」

「セラ、こいつは？」

「リタ。僕とデザートホークスって言うチームを組んでいるんだ」

「ふーん……、よろしく。私はララベル。セラの彼女だよ」

そういうことは勝手に決めないでほしい。

「彼女ってどういうこと!?」

リタもあんまり興奮しないでほしい。

「いや、ララベルが勝手に言ってるだけだよ」

「さっき告白しただろう！　アタシと付き合えよ！」

そういう身勝手なところは父親にそっくり！　顔はとんでもなくかわいいけど……。

「いやいや、一方的に言われても困るよ」

「そうだ、そうだ！」

リタが僕を応援してくれる。

「な、なにさ。そもそもアンタはセラの何なの？　まさか恋人？」

「わ、私は……生死を共にした相棒よ！　固い絆で結ばれているの！」

「ふーん……、じゃあ恋人ってわけじゃないんだ」

「そ、それは……」

リタは口ごもってしまう。ララベルはずっと黙っているメリッサの方を向いた。

「じゃあアンタは？　セラの恋人？」

「いや……」

「だったらセラと私が付き合っても問題ないな」

「許嫁だ」

今度は僕も驚いた。

「はあっ？　メリッサは何を言っているの？　初耳なんですけど」

「説明すると長い」

端折《はしょ》らないでください！

「お前ら何やってんだよ、早く行こうぜ」

なにも知らないシドがやってきたが、部屋の中の空気を読み、一瞬で身を翻した。さすがは腕利きの斥候《スカウト》だ。

「悪い、邪魔したな」

「シド、置いていかないで！」

僕は壁に立てかけた鮫噛剣を掴むと、シドを追って部屋を飛び出した。

◇

リタ、メリッサ、ララベルの間でどういう話があったかは知らない。だけど、部屋から出てきた三人はこれまでのことなどなかったかのように和やかな雰囲気だった。ひょっとして僕がからかわれていただけだろうか？　考えてみればあり得ることだ。そもそも同棲とか許嫁とか突拍子もない話ばかりである。

「え〜と……」

会話の糸口を探す僕にリタがにっこりとほほ笑みかける。

「私たちは友だちよね」

「うん、それはもう……」

「我が友よ……」

メリッサも変だ。

「まあ、そこからスタートしてやるぜ」

よくわからないが、ララベルも僕と友だちになりたかったようだ。

「そうそう、アタシもデザートホークスに入れてよ」

「ララベルも？　お父さんが許してくれる？」

「親父のことは関係ない！　私は好きなようにやるんだから」

これも何かの縁なのだろう。

「わかった、よろしくね。でも、活動内容は家族にも内緒だよ」

地下にある菜園の情報はどこにも漏らしたくないのだ。

「わあってるって！　アタシは口が堅いから安心しな」

反抗期真っ盛りっぽいララベルなら監獄長に秘密を漏らすこともないだろう。その点は安心できそうだった。


ジャカルタさんを迎えに行くと、もう家の外で僕らを待っていた。

「こんにちは、セラさん。おや、この娘さんは？」

「デザートホークスの新メンバーだよ」

「ララベルってんだ。よろしくなっ！」

ララベルはにっこり笑って無邪気に挨拶している。ジャカルタさんはララベルの口の荒さとかわいさのギャップにびっくりしているようだった。


ダンジョンに入ると僕らは人目を避けて移動した。

「なあ、セラ。どこへ行くんだい？　主要ルートを外れているみたいだけど」

「今から行くのは秘密の場所なんだ。ララベルは秘密を守れるかい？」

「しつこいぞ、セラ。拷問されたって吐かないって」

「だったら君にも僕らの秘密を教えてあげるね」

「マジか？　アタシを本当の仲間だって認めてくれるんだな⁉」

ララベルはツインテールをぶるんぶるんと揺らして喜んでいた。


菜園の扉を開けると白色の明かりが暗いダンジョンの闇を切り裂いた。

「まぶし……」

目を細めたララベルだったが、だんだんとその瞳が大きく見開かれる。

「なんだ、ここはっ⁉」

煌々と輝く人工太陽照明灯、散水機から溢れる水、黒々とした土が床を覆い、野菜や果物の新芽が青々と伸びている。砂漠の収容所にあってはさぞかし珍しい光景だろう。

「ここがデザートホークスの秘密菜園だよ」

「すごい……すご過ぎるぜ！　セラ、お前は何者なんだ？」

何者かと問われたら、答えてあげるが世の情けらしいけど、僕はただのセラ・ノキアでしかない。

「この街の魔導錬成師さ。さあ、デザートホークスの一員になったからにはララベルにも働いてもらうよ。ここではジャカルタさんの指示に従ってね」

「おう！　なんでも言いつけてくれ」

ララベルはとても嬉しそうだ。監獄長の娘ということもあって、友だちなんていなかったみたいだから、対等に扱われて嬉しいのかもしれない。

昨日交換した雌鶏を放してやると、落ち着きなく周囲を歩き出した。盗まれる心配がないのでニワトリはここで飼うつもりだ。ひょっとするとララベルも籠の中の鳥だったのかな？　だとしてもこれからはもう違う。彼女もまた自由の象徴、デザートホークになったのだから。

5　参戦　聖杯探し

延び延びになっていた引っ越しをすることにした。僕だけじゃなくてシドも一緒に引っ越して近所に住む予定だ。これで監獄のように狭い部屋ともお別れになる。

新しい部屋はダンジョンの近くで、部屋が五つもあるところにした。それぞれ寝室、書斎、キッチン、風呂、倉庫にする予定だ。元から浴室はないので、あとから改造して使うことにしている。あらかじめ改造の許可は取ってあった。

「お風呂かあ、いいなあ」

リタがしきりに羨ましがっている。メリッサやララベルの家にはお風呂がついているのだけど、リタのところにはないからだ。

「入りに来てもいいよ」

「そ、それは恥ずかしいなあ。でも、セラなら見られてもいいか……」

よくはないだろう。そんなことになったら気まずくなるから僕も困る。

「そうだ、地下菜園に水浴び場を作ろうか？」

「いやよ」

「えー、どうして？」

「シドが覗くもん」

その心配は大いにある。シドはおっきなおっぱいが大好きだからリタが狙われる可能性は高い。

「大丈夫だよ、外から見えないシャワールームを作るから。万が一覗いたらフレイムソードで焼いちゃっていいからさ」

「それならいいかな……」

あそこに作れば土仕事の後もさっぱりできるだろう。ジャカルタさんも喜んでくれるに違いない。

もともと荷物は少ないうえ、デザートホークスのみんなが手伝ってくれたおかげで、引っ越しはあっという間に終わってしまった。


ジャカルタさんを護衛しながらデザートホークスは地下菜園までやってきた。

「セラ、今日はいいものを持ってきたんだ。じゃーん！」

ララベルが小さな包みを渡してくる。中身は赤みがかった黒い粒だ。

「これはブドウじゃないか！」

「えへへ、セラは種付きの果物を欲しがっていただろう？　厨房に置いてあったから持ってきたんだ」

さすがは監獄長の厨房だ。一般人の家だと手に入りにくい物までそろっている。

「じゃあ、仕事前にみんなでいただこう。あ、種は飲みこまないようにしてね」

ララベルに感謝しながらみんなで食べた。

「この種から苗木が育ちますかね？」

ジャカルタさんに訊いてみる。ブドウ畑ができればワインだって作れるぞ。

「わかりません。私はブドウを育てたことはおろか、食べるのだって初めてなんですから。でも、やれるだけやってみましょう」

ジャカルタさんも初めての作物に興奮を隠せないようだ。固有ジョブが農夫ということもあり、ジャカルタさんは情熱を持って地下菜園の面倒をみてくれている。最初の収穫はもう間もなくだ。

菜園の管理をジャカルタさんに任せて、僕らは魔結晶の採取に向かった。文明的な生活は快適だけど大量の魔結晶を消費する。エアコン、散水機、魔導コンロ、冷蔵庫、照明、どれひとつとして魔結晶抜きでは動かないのだ。

「さあ、今日も稼ぐよ！」

僕らは実入りのいい地下三階へと移動した。

休憩時に来週の予定について打ち合わせをした。ところがララベルが申し訳なさそうに謝ってくる。

「来週は活動できないんだ」

「なにか予定でもあるの？」

「親父に連れられて帝都に行くことになっているんだ……」

ララベルは後ろめたそうに告白してきた。帝都に行くというのは、僕ら一般住民では望むことさえも許されないような夢だ。ここに送られる囚人はみな飛空艇で運ばれるが、出される囚人は一人もいない。ララベルは自分が特別であるということが辛いのだろう。

「でも大丈夫だぜ。アタシは家出してセラの家で暮らすんだ」

家出少女を家に泊めるの？　それはいろいろ問題がありそうだ。

「そんなのダメだって。それにせっかく帝都に行けるんだよ。絶対に行った方がいい」

シドも僕に賛同してくれる。

「与えられるチャンスは最大限生かすべきだぜ、お嬢ちゃん。見聞を広めるのは悪いことじゃない」

「でもさぁ……私ばっかりずるいことをしているみたいで気が引けるんだよ」

「ララベルはずるなんてしてないさ。まあ僕も飛空艇に乗って外の世界へ行ってみたいけどね」

それは幼い頃からの夢だ。いつになったら叶うかわからないけど、この思いだけはずっと持ち続けたい。そんな僕にララベルは意外な情報をもたらした。

「だったら聖杯でも探してみる？」

「聖杯？　何それ？」

「大昔から帝国が躍起になって探しているマジックアイテムのことだよ。噂ではここのダンジョンの地下深くに眠っているお宝らしいぜ」

ララベルの説明を聞いてシドがポンと手を打った。

「そんなのがあったなあ！　聖杯を見つけたチームは恩赦で帝国市民になれるって話だったかな」

「話だったってことは、もうその約束はないの？」

シドは首を横に振る。

「いや、話自体はまだあるはずだぜ。ただ、聖杯は地下七階の危険区域にあってな、大勢の囚人が聖杯を手に入れようとして死んじまったんだ。そのせいで魔結晶の採取率が著しく減少しちまった。帝国にしてみれば魔結晶が入ってこないのも大問題なわけだ。それで、大々的に宣伝するのをやめちまったんだな」

ララベルは内緒話をするように声をひそめた。

「帝国はまだ聖杯を諦めてなんかいないよ。親父のところには今でも、精鋭を派遣しろって命令書がたまに届くんだ。だけど、今のエルドラハには優秀なチームは少ない。それこそメリッサのところの『黒い刃』、あとは『銀狼』とか『カッサンドラ』、伝説のソロプレーヤー『ミレア・クルーガー』くらい。そういった奴らが密かに聖杯を探しているらしいよ」

メリッサも聖杯を狙っているのか……。

「セラが本気で飛空艇に乗りたいのなら聖杯を探すしかないんじゃないの？　もしデザートホークスが聖杯を見つけたのなら、アタシも後ろめたい思いをしないで飛空艇に乗れるってもんだ」

ララベルが僕を焚きつけてくる。それを受けてリタも自分の意見を披露した。

「帝国には恨みしかないけど、エルドラハの景色には飽き飽きしていたところなんだよね。空の旅っていうのもロマンチックで憧れるわ」

やる気を見せる女の子たちに対して、シドは深刻そうな顔をしている。

「これまで何組ものトップチームが地下七階で命を落としているんだぞ。なまなかな場所じゃない」

シドの心配も当然だけど、僕には確信めいた自信があった。

「そうかもしれないけど、なんかいけそうな気がするんだよね。自慢とかじゃなくて、冷静に考えてそんな気がするんだ」

「このガキが……。だが、悔しいけど俺も同感だ」

「へっ？」

「魔導錬成師セラ・ノキアならやれそうな気がするんだよ」

シドがにやりと笑って見せる。だったらもうみんなが向いている方向は一緒ってことだ。

「よし、デザートホークスは聖杯探しに参加するぞ！」

ダンジョンの通路に小さな歓声が上がった。

◇

新しい部屋作りは順調だった。マジックボトルとウィンドスタッフを利用してジャグジーも設置した。おかげで毎日リタとララベルが遊びに来ている。風呂上がりにバスタオルを巻いただけの格好でうろうろするから目のやり場に困る日々だ。

ただ、せっかく綺麗な部屋に引っ越したというのに家具は少ない。飛空艇が運ぶ量はちょっぴりだから、エルドラハで木材は貴重なのだ。

「地下六階に行けば木があるけどな」

我が家のダイニングテーブルでお昼ご飯を食べていたシドが教えてくれた。シドだけではなくリタもララベルも一緒にご飯を食べている。気温がいちばん高くなるお昼時はエアコンのきいている我が家に集まる率が高い。

「木があるってどういうこと？」

僕は地下四階までしか行ったことがない。

「俺も数えるくらいしか行ったことはないんだが、地下六階の奥にそういうエリアがあるんだ。そこは高い天井から光が降り注ぎ、まるで森みたいなところなんだぜ」

地下六階の奥地ともなるとたどり着ける人はまれだ。たとえ木を切り倒したとしても、重い木材を抱えて帰って来られる人も少ないだろう。だけど、一トンもの荷物を持てる僕なら……。


次の日、僕は仲間への書き置きを残し、一人でダンジョンへと出かけた。地下六階まで出向いて材木を取ってこようと考えたのだ。家具が欲しいというのは個人的な事情なので、デザートホークスとしてではなくソロ活動にした。

ソロじゃ危ないかなって気はするのだけど、これまでの戦闘を振り返るといける気もする。地下五階までなら一人でも余裕なのだ。とりあえず六階まで行ってみて僕の実力は通じるのか、仲間を危険な目に遭わせずに済むか、そこら辺のところを見極めるつもりだ。

食料や水を背負ってダンジョンの階段に差し掛かると、下の方からフードを被った黒い刃が戻ってくるところだった。

「これは若君‼」

ひときわ大きな声で話しかけてきたのはキャブルさんだ。僕が作ってあげた爆砕の戦斧を肩に担いでいる。でも、なんで若君？　そんな呼ばれ方をされたのは初めてだ。

「キャブルさん、こんにちは。爆砕の戦斧はどうですか？」

「実にいいですぞ！　今日もポイズンビートルの頭を一撃で粉砕してやりましたわ。ガハハハハハッ！　若君が婿に来てくだされば黒い刃も安泰、グベッ！」

キャブルさんの頭がメリッサに粉砕されていた。

「余計なことを言うな」

メリッサは恥ずかしそうにこちらをチラチラ見ている。他の人には読み取れないほど微妙な表情の変化だけどね。

「やあ、メリッサ。もう上がるの？」

「うん。セラはこれから？」

「今日は地下六階に行ってみるんだ」

「一人で？」

「そう、ソロ活動」

「……私も連れて行って」

「メリッサも？」

コクコク。

「今上がってきたばかりでしょう。疲れてないの？」

フルフル。

「私なら心配ない。私も行きたい」

相変わらず言葉は少ないけど、メリッサの決意は相当なものだ。

「セラ殿、姫様は一度言い出したら聞きません。どうかご一緒してはもらえませんでしょうか？」

タナトスさんにまでお願いされてしまった。

他の人には無表情に見えるんだろうな。だけど僕にはわかっている。メリッサは心配そうに僕の返事を待っていることを。

「行こう、セラ」

「うん、よろしくね」

これも他の人にはわかりにくいこと、僕の答えにメリッサは嬉しそうな笑顔になった。


これがメリッサ以外の人なら断っていたかもしれない。これから行く地下六階は滅多に人も行かない危険な場所だ。大丈夫だとは思うけど仲間を守れる絶対の確信はまだない。それを得るために下見に行くのだ。でも、メリッサに関して言えば、おそらく僕より強いんじゃないかと思っている。まだスキャンで見たこともないからわからないんだけどね。

スキャンを使って確かめてもよかったんだけど、メリッサが相手だと気づかれるような気がしている。それくらいメリッサは隙がないのだ。

「何を見ている？」

「メリッサを」

「なんで?」

「強そうだなあって」

「うん。私は強い」

二体のブルーマンティスが襲ってきたけど、手元から伸びた鮫噛剣が一体の頭を突き刺し、メリッサの曲刀はもう一体の胴を真っ二つにした。戦闘は一秒もかからずに終わり、僕らは再び会話に戻る。

「ところでさ、メリッサたちも聖杯を探しているの?」

そう訊くと、メリッサは少しだけ驚いた顔をした。

「うん」

「実はデザートホークスも探しているんだ」

「そうか……。セラは帝国市民になりたいの?」

「帝国市民には興味ないな。ただここから脱出して、世界を見て回りたいって思っているんだ」

「なんで?」

理由を聞かれるのは初めてだった。でも、なんで僕は世界を見たいんだろう?

「そう望んでいるから、としか答えようがないなあ……。最初はエルドラハにうんざりしていただけなんだけどね。もう、息が詰まりそうでさ」

「その気持ちはわかる……」

メリッサは家臣たちに囲まれている。キャブルさんもタナトスさんもいい人だ。いい人だけにメリッサにかかる責任は重くなる。メリッサは口をつぐんで、聖杯に関してそれ以上なにもしゃべらなかった。


僕とメリッサは地下五階までやってきた。ここまでくると出現する魔物の強さもけた違いに強くなる。でも、僕らにはまだ余裕があった。

「コカトリスって可食魔物だったよね？」

「うん、鶏肉と同じ味」

僕は討伐したばかりの大きな鳥型の魔物を『解体』した。

「肉を冷凍してもらえる？　そうすれば地上に持って帰れるから」

コクコクと頷いて、メリッサが氷冷魔法を使ってくれる。解体した正肉がたちまち凍り付いていく。

「あ、全部じゃなくていいよ。夕飯用にこっちは残しておいてね。今夜は僕が焼き鳥を作るから」

「うん、セラの料理は美味しい」

「そうかな？」

「うん、とっても……。二人だと楽しい。夜も寂しくない」

「僕もだよ」

メリッサと二人ならダンジョン最深部だって行けそうな気がする。だけど今日はここまでだ。外はもうそろそろ夕方だろう。僕たちも今日のねぐらを探さなければならない。僕らはゆっくりと眠るために、安全地帯になりそうな小部屋を探した。


コカトリスの味は本当にニワトリみたいで、焼き鳥にしても美味しかった。いつか醤油や酒を造れたらタレの焼き鳥にも挑戦してみたい。

夕飯を食べ終わるとすることもなくなり、僕とメリッサは壁にもたれて並んで座っていた。特に会話はなかったけど、落ち着いた時間が流れている。ふと、僕は先日の会話を思い出してメリッサに質問した。

「ねえ、メリッサは自分のことを僕の許嫁って言ったよね。あれはどういうこと？」

「……」

メリッサの目が泳いでいる。

「メリッサが嘘をついているとも思えないんだ。なんであんなことを言ったのか教えてほしい」

魔力を節約するために魔導ランプの明かりは弱に設定してある。小部屋の中は薄暗く、打ち明け話をするにはちょうどいい雰囲気だ。

「本当に、私はセラと結婚するはずだったの」

メリッサはぽつりぽつりと語ってくれた。グランベル王国の習慣のこと。ノキア家がどんな家柄だったかなどなど。

「そんな事情があったなんてちっとも知らなかったよ。だからキャブルさんが僕のことを若君だなんて呼んだんだね」

「キャブルは粗忽《そこつ》なのだ」

またしばらく沈黙が続いた。もしかしてメリッサはもう寝ちゃった？　顔を覗こうとしたらメリッサの口がまた開いた。

「こんな話をして迷惑だったか？」

「迷惑ではないよ。だけど、結婚なんてまだ考えられないっていうのが正直なところかな」

「そうか……」

「物心ついてからずっとエルドラハで育ったから、グランベル王国の民って意識もないんだ。それにまだ十三歳だもん」

精神的には十八歳なんだけどね。

「セラは大人びているから、たまに年齢を忘れる」

「よく言われるよ……。えーと、どうする？」

「どうするとは？」

「僕はメリッサと結婚するなんて、少なくとも今は考えられないんだ。それでもその、一緒に探索に行ってくれるの？」

メリッサは少しだけ動揺してから頷いた。

「私はセラといると楽しい。安心する」

「それは僕も同じだよ。メリッサが一緒ならどこでも行ける気がする」

そう言うとメリッサは満足そうに頷いた。今はこれでいいってことかな？

「明日は材木を探そう。私も新しい机が欲しい」

「わかった。荷物運びは任せておいてね！」

僕らは床にマントを広げて並んで眠った。ダンジョン地下五階にいるというのに不安はどこにもなかった。

◇

ダンジョンは下に行くほど涼しくなるのだけど、地下六階に到達した僕らは蒸し暑さを感じた。こんなのは日本の梅雨の記憶以来だ。植物が繁殖しているのと関係があるのだろう。

「黒い刃は地下六階には来るの？」

「いや、ここは魔結晶が少ない」

実入りとしては地下五階の方がいいそうだ。奥に進むにつれて石の床が土に覆われ、壁にはツタ類が絡みつくようになってくる。扉を抜けて広い場所に出ると、まばらながら木まで生えてきた。

「ええっ⁉　これはマンゴー⁉」

見覚えのある果物がなっている。スキャンで確かめたけど、間違いなく僕がよく知るアップルマンゴーだ。

「食べられるの？」

「すっごく美味しいんだよ！」

黒い刃もマンゴーがなっていることは知っていたが、毒があるかもしれないからと、食べないようにしていたらしい。

「こっちにはバナナもあるじゃないか！」

もぎ取ってさっそく皮をむいた。

「モグモグ……うわ、このバナナには種がある⁉」

日本で食べたものと違ってタピオカくらいの黒い種がたくさん入っていた。だけど、樹の上で完熟したバナナは香りもよく、味も最高だった。

「メリッサも食べてみなよ」

「大丈夫なの……？」

「美味しいよ」

エルドラハの人にとっては忌避する色と形のようだ。それでも僕が食べているのを見てメリッサは目をつむって端っこを小さくかじった。

「ハムッ！　…………おいしい……」

「でしょう！　これはバナナって言う果物だよ」

種を持って帰れば菜園で育てられるかな？　みんなのお土産にするためにもたくさん収穫しないと。

「って、これはゴムの木⁉」

「果実はついていないようだけど……」

「樹液が大切なんだよ！」

これもスキルで抽出だ！　僕は森での素材集めに没頭した。

三時間後。

「さてと……、果物やゴムもいいけど本来の目的を果たさないとね」

「やっと正気に返った……」

そんなに我を忘れてた⁉

「いやね、ゴムっていうのは本当に使い勝手がいいんだよ」

作製で作った桶には大量の樹液が集まっている。あとで加工して天然ゴムを作り出そう。

「そろそろ材木を探しに行く？」

「そうだね。この階にいるトレントという魔物を倒して解体すると、そのまま材木になるらしいんだ。シドが教えてくれた」

「あれか……。火炎魔法が弱点だからいつも焼いていた」

それじゃあ材木にはならないね。

「今日はこの剣でケリをつけるよ」

鮫噛剣は刃がノコギリ状になっている。トレントを相手にするにはちょうどいい武器だろう。

トレントはすぐに見つかった。最初は普通の木だと思ってそばを通り抜けようとしたら、枝が伸びて僕らを襲ってきたのだ。枝の先はトゲの生えたコブになっている。幹の上の方に老人の顔のようにしわが寄っていて僕らを睨んでいるみたいだった。

『スキャン』発動
対象：トレント　全長四m十二cm　ダメージ０％　防御力、生命力がともに高い
得意技：しなる枝による直接攻撃　弱点：火炎魔法　眉間にあるコブ
戦闘力判定：C

「顔の部分にコブがあるだろう。あそこが弱点だ」

「わかった」

メリッサは次々と襲い掛かってくる枝をすべて避けて幹の部分に飛び込み、曲刀を深々とコブに刺した。だけどコアの部分までは届かなかったようでトレントは動きを止めない。樹皮は柔らかいようで硬く、攻撃をソフトに受け止めてしまうのだ。

「セラ、危ない！」

僕も鮫噛剣でトレントの枝を切り払っていくけど、ダメージを与えられている感じがしない。

メリッサの注意がなければやられていたかも。僕は死角から飛んできたトゲ付きのコブを左手で受け止めた。

「パワーだったら負けないぞ！」

左手一本で枝を引っ張ってトレントを大地に叩きつけた。それでもあまりダメージは受けていないようだ。こうなったらこのまま『解体』してやる！

左手でトレントを掴んだまま『解体』を発動する。そのとたんにトレントはうめき声を上げて苦しみだした。なるほど、解体を生きている対象に使えば強力な技になるようだ。

とは言え、完全に解体するには十分くらいかかるだろう。多数を相手にするときは実用的でないことは明白だ。ただ、レベルが上がればもっと早く解体できちゃうかもしれない。それって即死スキルじゃん！　そう考えると恐ろしい技だともいえた。

トレントはもがき苦しむけど、僕の握力は伊達じゃない。やがて動きが鈍くなったトレントにメリッサが飛びかかり、先ほど穴をあけた眉間のコブに再び曲刀を突き刺した。

「ウオオオオオオーーーーーーーーーーンンンンン……」

スキャンによって死亡を確認。僕らはトレントを倒すことに成功した。

「なかなか手ごわい相手だったね」

「焼くことができればもっと早いのに」

僕は解体を続け、トレントを板や角材にしていく。全部で三十七キロ分の資材を得ることができた。

「これで新しい机が作れそうだ」

「僕のベッドも作れるかな。以前、治療をした人の中に『家具職人』のジョブの人がいたんだ。その人に依頼できないか聞いてみるつもり」

「もしかしてセラは人のジョブがわかるの？」

メリッサの顔色が変わった。

「そうだけど安心して。メリッサのことはスキャンしていないよ」

「本当に？」

メリッサは泣きそうな顔をしている。そんなに自分のジョブを知られたくないのだろうか？

「嘘は言わないよ。これからも絶対にしないから」

「うん、セラを信じる」

僕らは狩りを続け、二百キロ超の木材を集めることができた。それどころか木材と鉄の扉を加工して荷車まで作ってしまったぞ。地下六階にゴムの木があってよかったよ、ゴムタイヤまで作れたからね。これで大量の荷物も楽に運べるはずだ。


探索も三日目になった。僕は地図を描き、帰りの目印を覚えながら進んでいく。

「メリッサは地下七階へ行ったことはある？」

「ない。下り階段がどこにあるのかわからない」

一般に地下六階の地図は出回っていない。分け入る人がほとんどいないからである。シドのようなベテランの斥候《スカウト》でさえ、記憶しているのは地下五階までの地理だと言っていた。地下六階についてはほとんど知らないそうだ。デザートホークスの当面の課題は地下七階へ降りる階段探しということだ。

「木材やフルーツも大量に集まったし、そろそろ地上へ戻ろうか」

「うん……」

メリッサはちょっと寂しそうだ。

「今日中に帰り着けるわけじゃないから気を抜いちゃだめだよ。地下三階くらいでもう一泊していこうね」

「うん」

二回目の「うん」はずいぶんと元気だった。

「セラ！」

珍しく興奮した声でメリッサが僕を呼び止めた。

「どうしたの？　魔物？」

「そうじゃない。あれ」

メリッサが指し示す先には藪《やぶ》が茂っている。だけど、その藪の中に箱が見えた。幅が一メートル、高さは七十センチくらいある。

「もしかして宝箱!?」

ダンジョンではたまにこうした宝箱が発見される。しかも、深い位置で発見されるほど宝箱の中身の価値は上がる。とんでもないお宝が入っていそうだ。ワクワクしながらも罠などがないか慎重に調べた。ごくまれにだけど宝箱に擬態するミミックという魔物だっているのだ。そうはいっても僕にはスキャンがあるので騙されることはないけどね。

「大丈夫、普通の宝箱だ。でも鍵がかかっているな……」

「地上に持ち帰ってから開ける？」

「たぶん開けられると思う……」

スキル『解体』を発動すると、鍵は難なく外れた。やっぱり鍵開けにも応用が利いたか。悪用すれば砂漠一の大泥棒にだってなれる気がする……。

「さて、何が入っているかな」

宝箱の中には様々なものが入っていた。金晶や銀晶（手に取ったのは初めて）、黒晶に白晶、金属のインゴット各種、ダンジョンスパイダーの糸を使った反物が五巻き、柄に宝石のちりばめられたショートソード、キラキラ光るプリズムなどだ。

「すごい剣だね」

ショートソードの刀身は青白く輝き、吸い込まれてしまいそうに美しい。

『スキャン』発動
対象：氷狼の剣　全長百十cm
戦いをサポートする氷属性の狼を二体召喚できる

氷冷魔法が得意なメリッサ向きの武器だ。氷狼の剣の説明をしてメリッサに使ってみるように勧めた。

「やってみる……」

メリッサが構えた剣から冷気がほとばしり、周囲の空間を冷やしていく。空中には氷の結晶が舞い、振り下ろされた剣から寒風をまとった二体の狼が出現した。白銀の狼はメリッサの両脇に控え、一匹は周囲の様子を探るように眼光を光らせ、もう一匹は鼻を高く上げている。二体の狼を従えたメリッサは、まるで氷の女王だ。

「すごいよ、メリッサ！　使い心地はどう？」

メリッサがビュンビュンと剣を振るたびに、肌を刺すような寒風が吹きすさぶ。

「手に馴染む。とてもいい」

どうやら気に入ったみたいだ。さて、こちらのキラキラ光るプリズムは何だろう？

『スキャン』発動

対象：賢者のプリズム

光魔法が付与されたプリズム。様々な幻影を映し出すことができる

静止画や五秒くらいの動画を空中に映し出すことができるアイテムのようだ。なかなか面白い。消耗品は半分に分けるとして、氷狼の剣はメリッサが、賢者のプリズムは僕がもらうことになった。

◇

地下二階あたりまで帰ってくると、大量の木材、フルーツ、魔結晶を積んだ荷車を引っ張る僕らは注目の的だった。

「よう坊主、がっぽりと儲けてるじゃねーか。俺たちにも少し分けてくれよ」

ガラの悪い輩が絡んでくる。無視して荷車を引っ張っていると、そいつは僕の肩に手をかけてきた。

「そんなに怖がるなって。魔結晶をちょっと分けてくれるだけでいいんだぜ。おっ、黒晶まであんじゃねーか！」

荷物に目をとめた男が手を伸ばす。僕はその手首を掴んで軽い雷撃を流した。これだけ重い荷車を引っ張っている相手に対して腕力で勝てると思っているのだろうか？

「うわたっ⁉」

僕は手首を離さずに忠告する。

「他人の物を勝手に触っちゃ駄目だよ」

戦闘力判定はEプラスか。この程度の実力でカツアゲとは度胸がある。というより自己認識能力の欠如だな。

「クソガキどもが！」

男の仲間が殺到してきたけどメリッサに蹴り倒されていた。三秒くらいの出来事だ。

「それくらいにしておきなよ、メリッサ」

相手も刃物を抜いていないので、無茶をしないように止めておく。

「うん」

メリッサも殺すつもりはないようで安心した。

「あいつ、氷の鬼女だ……」

いざこざを見ていた一人がメリッサの正体に気が付いたようだ。

「ということは、あっちの子どもがデザートホークスのノキアか？」

「ああ、凶悪な盗賊団を一人で壊滅させたって話だ。奴の腹パンをくらうとステキな思い出が十個消し飛ぶと言われている」

どんな批評なのさ⁉　そんなスキルは持っていないよ。

「行こう、メリッサ」

「うん」

僕の顔も売れてきたということかな？　でも、みんなに怖がられるのは心外だ。ダンジョンで傷ついた人を治療したり、近所の子どもに食べ物をふるまったりもしているのに、悪名ばかりが広まっている。世の中ってそんなものなのかな？

地上に出ると監獄長の放送が響いていた。

《聞け、クズども。俺が若い頃と言えば、苦労は買ってでもしたものだ。それに比べて貴様ら

はまるで苦労が足りん！》

僕とメリッサは同時に苦笑していた。相変わらずくだらない内容だったけど、これを聞いて無事に戻ってきたという実感も湧いた。

「いろいろとありがとうね。机はできあがったら届けるよ」

「私も楽しかった」

遠ざかるメリッサの背中に声をかける。

「また二人で探索しようね！」

「うん！」

振り向いたメリッサは誰にでもわかるくらいに笑顔だった。


家まで戻ってくると、僕の姿を認めたリタ、シド、ララベルが駆け寄ってきた。

「遅かったじゃない！」

「まったくだ。どんなに心配したと思っているんだ！」

書き置きだけを残して出かけたから、三人とも心配してくれたんだな。

「ごめん、ごめん。地下六階の収穫が大きくてつい長居をしちゃった」

「アタシはちっとも心配なんかしなかったさ。セラなら大丈夫ってわかっていたからな」

「ありがとう、ララベル。バナナやマンゴーなんかのお土産があるから部屋の中で話そう」

荷物を運ぶのを手伝ってもらい、僕らは部屋の中へ入った。

落ち着くと、シドが質問してきた。

「それで、地下六階はどうだった？」

「シドの言っていた通り森みたいなところだったよ。魔物もけっこう手強い」

「手強いってどれくらい？」

リタも興味津々だ。

「リタでも手こずると思う」

リタの戦闘力判定はＣプラスだけど、地下六階にはＣ判定の魔物がたくさんいる。一対一ならまだしも、複数を相手にすればひとたまりもないだろう。

「おいおい、だったらどうすんだ？」

「安心して、シド。僕に考えがあるんだ」

「考え？　本当に大丈夫なのか？」

「もちろん。新しい装備を開発するよ」

僕のサポートと新装備があれば、デザートホークスの力は地下六階でもじゅうぶん通用するはずだ。

「僕に三日ちょうだい。それまでに用意するからね」

頭の中ではすでに設計図はできている。素材もたっぷり取ってきた。あとは作製するだけだ。僕は思いを巡らせながらジューシーなマンゴーにかぶりついた。

◇

約束の日はすぐにやってきて、僕はデザートホークスの面々を居間に招いた。今日もクーラーが大活躍だ。シドやララベルはすっかり馴染んでいて、僕の部屋の冷蔵庫から勝手に飲み物を出している。まるでアメリカ人のようだった。

「いつ飲んでもこのサイダーって美味いよな！」

「アイスコーヒーに入れる氷はどこだ？　ガムシロ取ってくれよ」

ララベルもシドも順応が早過ぎっ！

「はいはい、みんな落ち着いたらこっちを注目！　今から新作装備のお披露目をするよ」

まずはタクティカルブーツからだ。

「使いやすそうだけど、以前のとどう違うの？」

リタが自分の分を受け取りながら訊いてくる。

「いくつかの仕様変更があります。いちばんの違いは靴底ね。ゴムといって伸縮性があり、滑りにくい素材を採用しました」

「ほんとだ、キュッキュッってなって滑らない」

「それから、前のブーツは仕込みナイフを採用していたけど、あれは廃止ね」

「まあ仕方がないな。ロマンは溢れるけど重たかったからな、あれは」

シドが納得したように頷く。

「つま先の鉄板は継承しているからね。それから前衛が持つための大盾を用意しました。使うのは僕とリタを想定しています」

しゃがめば体が隠れてしまうくらいの盾を二枚取り出した。リタは盾を構えて具合を見ている。

「意外と重いのね」

「魔導爆発型反応シールドっていうんだ」

「ずいぶんと長い名前」

「その名の通り、魔法攻撃や物理攻撃を受けた瞬間に、盾の表面で小さな魔法爆発を起こして、攻撃の威力を相殺してしまうんだ。ちょっとやってみるよ」

僕は雷撃のナックルでリタの持ったシールドを軽くぶん殴る。

「うわっ……、って、雷撃が来ない……。しかもセラのパンチ力をかなり軽減しているよ！」

「いい出来でしょう？　主に遠距離攻撃に主体を置くときに使おうと思っているんだ。僕とリタが防御に徹して、シドとララベルが攻撃を担う場合ね」

シドがウンウンと頷いている。

「セラたちがそれで防御して、俺とララベルがコンパウンドボウで攻撃だな」

「それなんだけど、二人には新しい武器を用意した。地下五階より下は強力な魔物が多いからね。まずはシド」

僕はできたての武器を渡した。

「なんだこれは？　弓のようだがどうやって引いたらいいのかわからん」

「それは六連マテリアルクロスボウだよ」

本体下部に弾倉を取り付けるタイプのクロスボウだ。弦はワイヤー巻取りにより、自動的に引かれる。矢はボルトと呼ばれる短いタイプではあるが、魔法補正により初速、威力ともにコンパウンドボウをはるかに凌ぐ。

「部屋の中で試し撃ちはしないでね。軽く壁を貫通するから」

「わ、わかった」

さっそく撃ってみようとしていたシドを止めた。

「いいなぁ、シドばっかりすごい武器をもらって！」

「ララベルにもあるよ。ほら、これだ」

僕は先端が膨らんだ筒状のアイテムを渡す。

「お、けっこう重たいな。これはなんだ？」

「投擲手のララベルにぴったりの武器、その名もマジックグレネードだ」

マジックグレネードは手榴弾《しゅりゅうだん》によく似ているけど火薬の代わりに赤晶が使われている。魔力を込めると十秒後に爆裂魔法が展開される仕組みだ。

「一発の威力はマテリアルクロスボウの方が上だけど、マジックグレネードは一定範囲に有効なんだ。強力な個体はシド、群れで襲ってくる場合はララベルに対処を任せるからね」

「わかった。あー、腕が鳴る。早く試してみたいよ！」

「支給品はこれだけじゃないよ。ほら、ダンジョンスパイダーの糸を使った布で戦闘服を作ったんだ。耐久性、アンチマジック効果に優れているから、みんな着てみてね」

軽くて通気性もいいはずだ。

「すごいわねえ、これなら地下六階も怖くないわ」

「リタ、気が早いよ。もうひとつすごいのがあるんだ」

僕は袋の中からヘルメットを取り出して被る。

「素材の関係でひとつしか作れなかったけど、これは斥候《スカウト》のシドが使ってね。使い方はここに魔力を送って……」

「セラが消えた‼」

ララベルが目を見開いて驚いている。

「どういうことなの？　って、あ、ちゃんとここにいるんだ」

リタが見えないはずの僕の肩を掴んだ。

「先日、宝箱で賢者のプリズムっていうアイテムが出てきたんだ。これは様々な幻影を空間に映し出す秘宝なんだけど、これを使ってこの『ターンヘルム』を開発したんだ」

僕はヘルメットを脱いでシドに渡す。

「使い方は簡単だよ、やってみて」

「お、おう……。どうだ？」

「うん、ちゃんと消えているね」

「スゲー、アタシも欲しいな」

斥候《スカウト》は危険な役目だ。シドにはなるべくリスクを減らしてもらいたい。

「これがあればシドの危険も減るだろう？」

「すまねえ、セラ。俺のために大事な秘宝まで使わせちまって……」

姿を現したシドの瞳がほんの少しだけ濡れていた。

「でも、ダンジョン以外の場所では、ターンヘルムはセラが預かっておきなさい」

リタが厳しい声で言う。

「なんで？」

「シドがスケベだからよ。これを悪用されたらたまらないわ！」

「そ、そんなこと……」

「この前だって私の胸元を覗き込んでいたじゃない！　気が付いてないとでも思っていた？」

「そんなバカな。『隠密』のスキルを発動してたのに、なぜバレた⁉」

「やっぱり！」

シドはカマをかけられたようだ。

「ごめん、シド。ターンヘルムは僕が預かるよ」

「う、うむ……」

なんとも締まらない新作発表会になってしまったが、これで準備は整った。出発は三日後。

デザートホークスは聖杯を探しにダンジョン深部へ潜ることが決まった。

6　地下七階

地下六階の探索は明日から始まる。長期間留守をするので今日はジャカルタさんと二人で秘密の菜園へ出かけた。バナナやマンゴーの種も忘れずに持ってきている。ダメもとで植えてみるとしよう。

「ひょっとしたら順調に育つかもしれませんよ。先日、私のスキルがレベルアップしました。これもセラさんと地下菜園のおかげですね」

積極的に農業に携わっているのでジャカルタさんのスキルも成長したようだ。

「バナナやマンゴーが収穫できるのは嬉しいなあ」

「あれは美味しいですものね。セラさんにいただいたとき、絶対にこれを育てようと思いましたからね」

僕らは談笑しながらダンジョンの入り口までやってきた。

《聞け、クズども。最近になってガキが血を抜かれる事件が頻発している。ガキは早く帰って寝ろ。フラフラ遊んでいるから狙われるんだ。遊んでいる暇があったらダンジョンへ潜れ。魔結晶を取ってくるのだ！》

今日も監獄長のダミ声が響いている。よく言うよ。自分の娘のララベルには「ダンジョンなんて行くんじゃない！」と怒鳴りつけているのに。もっともララベルは父親の言うことなんてこれっぽっちも聞く気がない。子どもっぽく見えるけど成人しているわけだし、僕も余計な口を挟まないようにしている。

「怖い話ですねえ。襲われたのは十代の少年ばかりらしいです。セラさんも気を付けてくださいよ。って、銀の鷹を襲う者なんていませんか」

ジャカルタさんはクックと笑った。近頃、エルドラハの人々は僕のことを銀の鷹なんて呼んでいるらしい。僕が銀髪だからだろう。

「でも、子どもの血なんて誰が抜いているんでしょう？」

「呪術師が儀式のためにやっているなんて噂がありますね。被害者はみんな後ろから抱きつかれて血を抜かれているみたいで、目撃者はいないそうですよ」

襲われた子どもは少量の血を抜かれるだけで、たいした怪我もしていないらしい。でも、どうやって血を抜いているのだろう？　注射器なんてない世界なんだけどな……。

「もしかしてヴァンパイアですか？」

「だとしたら大事《おおごと》ですよ。血を吸われた人間はグールになってしまいます。でも、そんな話は聞きませんね」

重傷者も出ていないので監獄長ものんびりと構えているようだ。呪術に血を使うというのはありふれたことだし、実際に血が魔結晶で取引されることもある。きっと魔結晶をケチった呪術師が、力の弱い子どもを狙ったのだろう。僕もそんな風に考えていた。

◇

菜園での作業を終えて、地上に戻ってきた。畑はさらに大きくなり、今日は果樹の種をたくさん蒔いた。ジャカルタさんが魔力を込めてくれたから、きっと発芽してくれるだろう。作業に没頭したせいで辺りは暗くなりかけている。僕はダンジョン帰りの人々で混雑する通りを避けて家路についた。

「きゃあああああ！」

裏路地に女性の叫び声が響き渡った。なにごとだ？　声のする方に走る。見れば子どもが倒れていて数人の人がそれを取り囲んでいた。

「坊や、しっかりして！」

きっと母親なのだろう。心配そうに子どもを揺すっている。

「動かしちゃダメです。僕に診せてください」

「アンタは？」

女の人は不審そうに僕の顔を眺めた。

「こいつ銀の鷹だぞ」

誰かが囁いた。

「銀の鷹？　怪力で治癒魔法が使えるって噂の……」

厳密にいえば『修理』なんだけど、母親の誤解を解くのも面倒だ。僕は黙って頷いた。

「お願いします、子どもを診てください」

倒れているのは十歳くらいの男の子だ。青白い顔をして息苦しそうにしている。目鼻の整った綺麗な顔をしていた。

「特に異常はないですね。おそらくここから血を吸われたのでしょう」

スキャンで子どもを診たけど、毒物や病気の兆候はなく、貧血で倒れただけのようだ。首筋には獣に噛まれたような傷口があり、うっすらと血がにじんでいた。これってやっぱり吸血鬼なんじゃないの⁉　細菌やウイルスがいないか念入りに調べたけど、やっぱり不審なものは見つからない。

「大丈夫ですよ。血が足りないだけです」

魔力を送りこんで臓器の働きを活性化させると、少年の顔色は元に戻った。

「もう立てるかな？」

「うん！」

声にも張りがあるからもう平気だろう。

「どんな奴に襲われたかわかるかい？」

少年は首を横に振る。

「後ろから抱きつかれたからわからない」

ということは動物じゃなくて人間に襲われたのかな？

「そうかあ……。でも、何か覚えていないかなあ？　声とか、髪の色とか」

男の子は一生懸命思い出そうとしているけど駄目なようだ。

「暗かったし、声もしなかった……」

「そっか、じゃあしょうがないね」

子どもを問い詰めるのはよくない。僕は質問を切り上げて帰ることにした。

「あ、そういえば抱きつかれたときにいい匂いがした」

「いい匂い？」

「うん。嗅いだことのない匂い」

なんだろう？　それでもなにがしかのヒントにはなりそうだ。

「ありがとう。それじゃあね」

「ありがとうございます。なんとお礼を言っていいやら」

お母さんはさっきまでの態度が嘘のように、丁寧にお辞儀をした。長いこと忘れていたけど、お母さんってこんな感じで子どもを守ろうとするんだよな。フジコもイシュメラも……。母親のことを思い出して少しだけ寂しい気持ちになった。

誰かにつけられているというのはすぐにわかった。太陽はとっくに沈み、今は細い新月が夜空に浮かんでいる。僕はあえて人通りの少ない通りを選んで街はずれのゴミ捨て場へと向かっている。この時間なら誰もいないに違いない。戦闘になっても迷惑をかけることもないだろう。

二つの建物に挟まれた細い路地に入った。追跡者は屋根の上を移動しているようで月見の猫が驚いて逃げる足音がした。僕は立ち止まって怯えたように後ろを振り返る。主演男優賞がもらえそうなくらいの演技力だ。

「誰かいるの……？」

闇は濃く、物音ひとつしない。だけど感じる、奴は僕の真上にいる！

ふわりと舞い降りた何かが後ろから息を吹きかけてきた。甘い匂い……、これは何の香りだろう？　ぼんやりとして気持ちよくなってしまう不思議な香りだ……。

「クッ、毒物か……」

こんな攻撃を仕掛けてくるとは思わずに油断してしまった。僕はなんとか『修理』と『抽出』で意識を混濁させる原因物質を取り除いた。でも、そうとは知らない犯人は無造作に近づいてくる。僕の首筋に牙を立て、血を吸い取るつもりだな。

じゅうぶんに引き付けておいて、振り返りざまに胸倉を掴んでやった。

むにゅ。

「あん♡」

えっ⁉　僕の拳が深い谷間に挟まれている。

「うわぁっ⁉」

僕は大きく後ろに飛びのき、相手の姿を確かめた。細い裏路地には背の高い黒髪のヴァンパイアが立っていた。赤みを帯びた瞳が怪しく輝き、僕をじっと見つめている。彼女には小さな翼やしっぽが生えていて、耳はエルフのようにとがっていた。

「どうして『眠りの吐息』が効かないの？」

ヴァンパイアは小首をかしげながら訊いてくる。その様子に害意などは感じられない。

「効いたけど治したんだ。それよりどうして僕を狙った⁉」

ヴァンパイアはにっこりと笑い、赤い舌がなまめかしく動く。

「だって、好みのど真ん中だったんですもの」

はい？

「本当はさっき襲った子でお腹いっぱいだったんだけど、君を見ていたらどうしても血を吸ってみたくなっちゃったの。デザートは別腹ってやつ？」

「僕を殺す気だった？」

「そんなわけないでしょう！　私は好みの男の子からちょっぴり血をもらうだけよ。病気にしたことさえないわ」

嘘をついているようにも見えないので、少しだけ緊張を解いた。

「お姉さんはヴァンパイアなんですか？」

「一応ね……。私はミレア・クルーガーよ」

「セラ・ノキアです。あれ、ミレア・クルーガーってどこかで聞いたことのある名前だぞ。……思い出した！　伝説のソロプレーヤー」

ララベルが言っていた聖杯探しに参加しているうちの一人だ。

「あら、光栄だわ。私のことを知ってくれているのね」

ミレアはころころと笑った。

「伝説のソロプレーヤーがヴァンパイアだったなんて知らなかったなあ」

「生まれたときからってわけじゃないのよ。こうなってしまったのは半年前からなの」

「どういうことですか？」

「ダンジョンの呪いにかかってしまったのよ」

ミレアは地下五階のトラップに引っかかってヴァンパイアの体になってしまったそうだ。僕も重力の呪いにかかっていたから同情心が湧いてしまう。

「あの、僕なら貴女の呪いを解けますよ。任せてください」

そう申し出たのだけど、ミレアはまたころころと笑った。

「この体は気に入っているからいいの。なんといっても不老不死を手に入れてしまったんですもの」

ミレアはもともと『冒険王』という固有ジョブだったのに、呪いのせいで『ヴァンパイア』に書き換えられてしまったそうだ。

「そのおかげで『不老不死』とか、さっきの『眠りの吐息』なんてスキルも使えるようになったのよ。デメリットもあるけどヴァンパイアの方が使い勝手のいいスキルが多いの」

だったら無理して治さなくてもいいのかな？

「デメリットって何ですか？」

「少しでも直射日光を浴びるとひどい火傷をすることよ。浴び続けると死んでしまうわ」

そこらへんは僕の知っているヴァンパイアと同じなんだな。

「ところで、なんで少年の血ばかりを吸っていたんですか？」

「好物だから。ショタコンなんだよね、私」

ストレートなカミングアウト！　気持ちのいいほどに悪びれたところがまったくない。

「まあ本当は血なら何でもいいんだけど、性癖に妥協したくないのよね。こだわりの強い女なの」

そんなふうに胸を張られても……。

「それって、少年にとっては迷惑そのものですよ」

「だよねえ。でも、もうしばらくは誰も襲わないわ。必要な分の血は手に入ったから」

「必要な分と言うと？」

「ヴァンパイアは血を吸うとパワーが漲《みなぎ》るの。明日から地下七階を探索するから、その準備だったのよ」

あれ、今とんでもないことをさらり言ったよな。

「地下七階ですって！　下り階段の場所を知っているのですか？」

「ええ、探し当てたわ」

僕とメリッサでも探し当てられなかった下り階段の場所をこの人は知っているのか。

「もしかして知りたいの？」

「教えてください！」

「あらあらがっついちゃって……。でも、お姉さん、そういう元気な子は嫌いじゃないな……」

ミレアは値踏みするように僕のことを見つめてくる。ずいぶんとミステリアスな雰囲気をたたえた人だ。

「あなたはたしか、銀の鷹と呼ばれている子よね？」

「らしいですね。自分で名乗った記憶はありません」

「きれいな銀髪ね……。決めた、セラが私の仲間になってくれれば地下七階へ行く階段の場所を教えてあげるわ」

「それはミレアがデザートホークスに入るってこと？」

そう訊くとミレアはぽかんとした顔つきになる。

「私とコンビを組んでほしいって申し出なんだけど」

「じゃあ無理です。僕は今の仲間が大切ですから」

気の合う仲間というのはそうそう得られないと思う。地下七階の入り口は自分たちで探すとしよう。僕は諦めて帰ることにした。ヴァンパイアといっても、ミレアは害のある存在ではなさそうだから、放っておいても大丈夫だろう。

「あんまり少年を襲わないでくださいね。どうしても欲しいときは僕の血を分けてあげますから。それじゃあ」

「えっ……」

立ち去ろうとするとミレアが追ってきた。

「待って！　どうしてそんなに優しいの？」

「呪いの辛さは知っているんです。僕もずっと重力の呪いというのにかかっていましたから。だから血の渇望がどうしても抑えられないときは僕のところに来てください」

「…………」

ミレアは希少種でも観るような目で僕を見つめていた。

「なる……」

「はい？」

「私、セラの仲間になる！　私をデザートホークスに入れて！」

ヴァンパイアになつかれた⁉

「いいの？　分け前とかも減っちゃうよ」

「いいの！　お姉さんはセラさえいれば他にはなにもいらない！」

そ、そうですか……。

「わかったよ。それじゃあ仲間に紹介するね。今から僕の家まで来てもらってもいいかな？」

「セラの家？　いく、いくぅ！」

こうしてやけに明るい闇の住人が僕らの仲間になった。

◇

大きな荷車には食料品や毛布、その他探索に必要なものが満載されている。僕はそれを引っ張ってダンジョンを移動中だ。デザートホークスの地下七階への挑戦が始まった。

「セラってば本当に力持ち」

ミレアが僕にもたれかかって歩きにくい。

「セラにくっつくなよ！」

「あら、ララベルってばやきもちを焼いているの？　うらやましいんだったら左側にもたれなさい」

「ん？　そうか！」

ララベルは素直過ぎる。ぴょこぴょことピンクのツインテールを揺らしながら左腕に絡みついてきた。

「二人とも離れてよ、歩きにくいんだから」

荷車は軽々と引っ張れるけど、二人を引きずってしまいそうで怖い。リタとシドはその様子を引き気味の目で眺めている。

「ヴァンパイアを仲間にするなんて……。しかもセラにベタベタして、信じられないっ！」

「仕方ないだろう、七階の入り口を知っているんだから」

リタは眉をひそめて二人に注意した。

「ここはダンジョンなのよ。しっかりと周囲に気を配りなさい！」

「あら、リタもやきもち？　空いているのは背中だけだからおんぶでもしてもらったら？」

「バカじゃないの」

「無理しちゃって」

ミレアはころころと笑った。

「いや、リタの言うとおりだよ。地下三階で油断はよくない」

「だな……」

シドは頷きながら一見なにもない空間を指さす。僕は鮫噛剣を伸ばして壁に擬態していたドクトカゲを突き刺した。攻撃が一秒でも遅れたら、強烈な神経毒が僕らを襲っただろう。ここでの油断は死を意味する。緑色の体液が壁に滴り、ドクトカゲは動かなくなった。

探索を繰り返したおかげでシドの戦闘力判定はCに、リタはBマイナスにまで上がっている。ララベルもまだ若いから今回の遠征ではレベルアップするだろう。ミレアの実力に関しては未知だけど、伝説のソロプレーヤーなんて呼ばれていた存在だ。きっと相当な力を持っていると予想している。口ではうるさいことを言いながらも、僕もリタもまだまだ余裕だった。

地下五階を過ぎる頃になると、さすがに浮ついた気分は影を潜めた。ミレアもララベルも僕から離れて周囲を警戒しながら進んでいる。

「このまま六階まで行ってから宿営準備をしよう。今日は夕飯のデザートに新鮮な果物を食べられるよ」

デザートホークスの探索速度は異様ともいえるだろう。それもそのはずで、休憩のたびに僕が『修理』で疲労を取り除いているからだ。他のチームでは考えられないくらいのスピードである。何度も使ったので『修理』のレベルも格段に上がった。

それに魔力は採取した魔結晶から『抽出』できるので尽きることはない。やり過ぎると資金不足になっちゃうんだけどね。

日が暮れるよりも少し前に僕らは地下六階に到達した。

「これが地下の風景!?　本当に植物が茂っているんだな!」

六階に来るのが初めてのララベルが興奮している。葉っぱを引きちぎったり、土をこねて遊びだしたぞ。子どもっぽいかもしれないけど、砂ばかりのエルドラハに住んでいる住民の反応はこんなものだ。緑があるだけで感動する。

「ララベル、あんまり離れちゃだめだよ。ここの魔物は今までと全然違うんだから」

地下六階ともなると魔物の強さはけた違いだ。メリッサとの偵察でそのことはよくわかっていた。

「わかった。おおっ、なんか実がなっているぞ!　あれはなんだ?」

ララベルは好奇心の赴くままに藪をかき分けていく。

「こら、人の話を聞きなさーい……なんだこれ?」

藪を抜けた先には高さ四メートルほどの木が生えていた。でもただの木ではない。ひとつの幹からは様々な太さの枝が伸び、種類の違う葉っぱを付けている。さらに言うと、何十種類もの果実まで実っていた。

「果物の木なんて初めて見たけど、こんな風になっているんだな。黒いちっこい実の横に赤いでっかい実があるなんて変なの」

ララベルは嬉しそうに笑っているけど、僕は驚きで言葉を失った。黒いちっこいというのはブルーベリーだし、赤いでっかいのはリンゴのことだ。それだけじゃない。メロンもマンゴーもスイカもイチゴも、果てはドリアンまで同じ木に実っている。

「この木が特別なんだよ」

『スキャン』発動

対象：百実《ひゃくみ》の聖樹　一本の木に百種類の果物がなる樹。季節を問わず収穫ができる

「すごいよ、ララベル。よく見つけてくれたね！　これは百実の聖樹っていう特別な果樹なんだ。こんなものが存在するなんて、やっぱりダンジョンはすごいなあ！」

「おお？　そうなのか？　セラが喜んでくれたんならアタシも嬉しいよ」

僕はブルーベリーを一粒もいで口に入れた。ほのかな酸味に爽やかな甘み。食べるのは前世以来だ。ララベルもリンゴをもいでかじっている。言葉遣いは荒いのに食べ方はかわいい。こういうところはお嬢様なんだな。

「うまいっ！」

「秘密の菜園で育ててみたいけど、移植は無理だろうなあ」

引っこ抜くのは簡単だけど、枯れてしまいそうで怖い。まあ、修理でなおせそうな気もするけど今は聖杯に集中しよう。今夜食べる分だけを収穫して、僕らは宿営地を目指した。

◇

地下六階も奥地に入ると戦闘は激しくなってきた。特に僕らを悩ませたのがアーミーアントだ。昆虫のくせに組織だった攻撃をしてくる巨大アリで数が多い。開けた場所が続く地下六階では厄介な相手だった。

「なっ⁉　隊を二つに分けてくるなんて、数だって三百くらいいるんじゃない？」

大空洞の彼方から攻めてくるアーミーアントを見てリタが悲鳴を上げた。

「慌てないで。右は僕、左翼はリタがガードするんだ。ララベル、遠慮しないでマジックグレネードをどんどん投げてやれ！」

「あいよっ！　ここはアタシの独擅場《どくせんじょう》だ！」

荷車の上に飛び乗ったララベルが右へ左へとマジックグレネードを投げつけた。彼女の投擲は精確無比で、敵のウィークポイントを確実に潰せている。爆発が起こるたびに十体近くのアーミーアントが吹き飛んでいた。グレネードの予備は荷台にたくさんあるからなくなることはないだろう。

ララベルは頑張ってくれていたけど、いかんせんアーミーアントの数が多かった。爆発をすり抜けてきたアントが僕らに向かって硬い顎を突き出してきた。僕とリタは魔導爆発型反応シールドで攻撃を防ぎ、反撃はミレアがする。さすがは伝説のソロプレーヤーなんて呼ばれるだけある。ミレアの動きは流麗で剣さばきは力強い。スキルで空まで飛べるので、その強さは計り知れない。

だけど押し寄せるアーミーアントは時間とともに増えていく。じわじわと焦りがにじむ中、シドがはるか後方の敵にマテリアルクロスボウの狙いを定めた。

「シド？」

「敵の頭を討ち取る」

シドが狙っているのは巨大な女王アリだ。軍隊の後ろに隠れるようにしているけど、頭だけははっきりとここからでも見える。でも、本当に倒せるのか？　距離は三百メートル以上あるんだぞ。

「女王アリの外殻は硬いわよ」

ミレアが教えてくれたけど、シドにためらいはない。

「こいつはセラが作ってくれた武器だぜ。アリンコなんぞに負けるもんかよ……」

シドの指がトリガーをしぼった。弦が力を解放すると同時に風魔法の補助が入る。矢は回転と推進力を高めて勢いよく飛び出した。狙いは過《あやま》たず、ボルトは女王アリの眉間へと吸い込まれていく。インパクトの瞬間に矢じりの先端が爆発して女王アリの外殻に穴が開き、そのまま侵入したボルトが体内で再爆発して女王アリの頭は吹き飛んだ。

「まあ、こんなもんだ。フンッ」

シドの白いひげが鼻息で揺れた。

「やるじゃねーか、シド！」

ララベルがグレネードを投げながら喝采する。

「見て、敵の動きが乱れてきたわ」

リタの言う通り、これまで整然と進んでいたアリの群がばらばらになりつつある。女王アリを失って指揮系統が乱れたのかもしれない。逃げる個体も出始めた。

「一気に蹴散らそう！」

僕たちの攻撃にアーミーアントは徐々に数を減らし、ついには姿を消したのだった。

「手強い相手だったね」

あれだけの数が相手なら僕だって囲まれたらひとたまりもなかったと思う。

採取しておいたオレンジを『料理』して、オレンジジュースを作った。

「はい、のどが渇いたでしょう？」

「美味しい！」

リタとララベルは素直だ。

「ビールの方がいいなあ……」

シドはちょっとわがままだ。

「お姉さんはセラの血が飲みたいな♡」

ミレアはだいぶわがままである。とにもかくにも僕らは難敵を撃退することができた。

ミレアに案内されたのは地下六階の奥地だった。何本もの倒木が折り重なり、その上には苔がむしているような場所だ。

「着いたわ」

「ここが地下七階の入り口？」

「ええ、こっちよ」

ミレアは身をかがめて、倒れた木の下に潜り込んだ。階段が見つかりにくいのも無理はない。折れた木が積み重なって石造りの階段を完全に隠していたのだ。木の下には明かりも射さないから、普通なら見過ごしてしまう場所だ。

「ヴァンパイアは暗いところでもよく見えるのよ」

天上の明かりも届かない暗がりでもミレアの足は淀みない。振り向いたミレアの瞳は赤く光っていた。

「うふふ……怖い？」

「そうでもないです」

僕は持参した人工太陽照明灯を点けた。菜園でも使っている優れものだ。

「こっちに向けないで！　火傷するじゃない！」

ミレアは目を細めながら飛びのく。

「大丈夫ですよ、当てませんから」

人工太陽とはいえ、僕の作品は強力だ。ヴァンパイアの命も奪いかねない。

「かわいい顔をして本当に恐ろしい子……」

ミレアが後ろに回ったので、僕が先頭に立って明るく照らされた階段を下りた。

◇

地下七階はこれまでのダンジョンとはがらりと雰囲気が変わっていた。床や壁は金属やコンクリートらしき素材になっている。天井には照明装置までついているぞ。無理に形容すれば、とってもメカメカしくなっている感じだ。昔のテレビで観た悪の秘密結社の秘密基地？　そんな匂いがプンプンする。

見たこともない風景にデザートホークスの面々もかなり怖がっていた。でも僕は嬉しくて仕方がない。

「セラは何をはしゃいでいるの？」

リタが不思議そうに訊いてくる。

「だってさ、解体すれば金属が取り放題なんだもん！　武器にして売ってもいいし、新しい道具を作る材料にもなるよ。天井には山ほど魔導ランプがついているしさ！」

「なんていうか……、セラは前向きよね」

エルドラハの人間にとっては見慣れない風景でも、僕にしてみればそうでもない。だけど、珍しくミレアが真剣な顔で僕をたしなめた。

「でもね、ここの魔物は最悪よ」

そういえばミレアは地下七階に来たことがあるんだったな。

「どんな魔物が出るの？」

「ゴーレム系よ。やたらと装甲が硬くて、攻撃も強力なの。なるべく戦闘は避けることをお勧めするわ」

楽観的なミレアでさえ恐れるほど手強いのか……。ゴーレムと言えばストーンゴーレムやアイアンゴーレムなんかを想像するけど、実際にはどんなのが現れるのだろう？　硬い岩石や金属の塊ともなると鮫噛剣では歯が立たないかもしれない。いっそパワーを活かして投げ飛ばせれば自重で自滅してくれないかな？

先頭を歩いていたシドが手を上げて足を止めた。敵の気配を感じたときのサインだ。僕も耳を澄まして周囲の様子を探る。するとコンクリートの壁を伝って遠くの方から音が聞こえてきた。あれ？　この音はどこかで聞いたことがあるぞ。といってもかなり昔のことだ。そう、それは前世の記憶。

「思い出した、工事現場の音だ！」

転生する前の日本で聞いた重機の音にそっくりなのだ。クローラーが移動する際に発するガタガタというあの音である。

「来たぞ！」

シドの声に通りの向こうに目をやると、地下七階の魔物がゆっくりと近づいてきていた。すかさず僕とリタが魔導爆発型反応シールドを構える。

「なんなのあれっ⁉」

全員が恐怖に身をすくめていたけど、僕だけは別だった。

「ロ、ロボじゃん！」

現れた魔物は小さな装甲車の上に人間の上半身が乗ったような姿だ。三角形のクローラーが推進力となっている。腕の先端はマジックハンドのようになっていて、物を掴むこともできるようだ。ゴーレムというよりは古いアニメのロボットみたいだった。

「ララベル、敵の駆動力を奪ってくれ。足元にグレネードを！」

「了解」

通路の幅は六メートルほどで狭い。すり抜けることはできないし、引き返すのも面倒だ。敵の能力を知るためにもとりあえず戦ってみよう。

ララベルのグレネードがロボットの足で爆発したけど、動きは止まらなかった。

「効いてねえ⁉」

「シド、頼む！」

「おう」

シドは狙いを定めてクローラーにボルトを叩き込む。一発、二発、三発、四発目で動きが止まった。

「みんなはここで待っていて。僕が戦ってみる！」

接近してスキャンをしてみた。

対象：タンク BK-01　全高二m二十八cm　全幅一m四十六cm
タグラム合金でできたゴーレム。装甲が硬くパワーがある。アームが伸びて直接攻撃を仕掛けてくる
弱点：頭部への雷撃
戦闘力判定：Ｂマイナス

戦闘力判定で言えばこれまでで一番強い。ただ、頭部への雷撃攻撃が弱点なら、雷撃のナックルを持つ僕は有利とも言えた。

あえて無造作に真っ直ぐ進むと、突然マジックハンドの先端が伸びて僕を襲ってきた。ロケットパンチとはいかなくても、高速で伸びてくるパンチにはびっくりした。パワーは僕以上かもしれない。

重い金属の塊が飛んでくるのだから受け止めるのは無理だろう。魔導爆発型反応シールドでも受けきれないな。おそらく粉砕される。だけど、こいつの攻撃は直線的だ。タイミングを合わせて……。

飛んできたパンチを紙一重で避けて、そのまま頭部へと飛びつく。雷撃のナックルを発動させて、両手で挟むように拳を打ち付けた。

「ギヤァアアアアアン！」

不快な金属音を立ててゴーレムはのたうち回ったけど、十秒もかからずに動きは停止した。雷撃で回路でも焼き切れたのだろうか？

リタが盾を構えながら近寄ってきた。

「終わったの？」

「うん、もう動かないよ」

全員が安堵のため息をつく。と、ミレアが後ろから突然抱きついてきた。

「すごいわ、セラ！　私でさえかなわなかったゴーレムを一撃で倒しちゃうなんて！」

「一撃じゃないよ。先にララベルとシドが駆動装置を壊しておいてくれたからね。そうでなかったらあんなに簡単にはいかなかったと思う。それに、ミレアも空中を飛び回ってゴーレムを牽制《けんせい》していてくれただろう？」

「見ていてくれたんだ」

なんだかんだでミレアは気が遣えるのだ。ララベルは動かなくなったゴーレムを手のひらでぺちぺちと叩いた。

「こんな魔物がいるとは驚きだぜ。単体だからよかったけど、群れで襲ってきたらヤバかったんじゃないか？」

もうそれは魔物の群じゃなくて機甲師団って呼ばれるやつだよ。

「それは言えるね。まあ、地下七階は六階ほど広くはないから、大規模に展開される恐れはないけどね」

シドは周囲を警戒しながらソワソワとしている。

「おい、セラ。長居は無用だぜ。他の魔物が現れる前にさっさとずらかろう」

「ちょっと待って。大事なことがあるんだ」

僕はゴーレムを丹念に調べていく。

「やっぱりそうだ。こいつの体を利用できるぞ……」

ミレアが目を見開く。

「体を利用するって、エッチなこと!?」

けそうだった。

「そんなわけないだろう！」

ロボ好きではあるけど、そこまで特殊な性癖はない。せっかくのロボだから有効利用したいだけだ。自律回路は雷撃で焼き切れていたけど、操縦するタイプにしてやれば荷車くらいは引けそうだった。

安全地帯まで移動した僕はスキルを駆使してタンクゴーレムを本物のタンクに改造した。二時間もかかってしまったけどその価値はあるはずだ。

「できたぞ！」

僕の声に休憩していたデザートホークスが集まってくる。

「ほう、外見もだいぶ変わったな。頭がなくなっている」

「その通り。敵を認識するセンサーとか、攻撃を考える能力は頭部に集中していたんだ。だからそれは取っ払って、操縦席にしちゃった」

首から下はコックピットになっていて乗り込むことができる。屋根はない。エルドラハで雨は降らないからね。

「こいつを動かすことができるのか？」

ララベルが興奮している。

「そういうふうに改造したからね！　見ていて」

タンクに乗り込みレバーを動かすと上半身がクルクルと回り出した。腕のアームも自在に動くので、荷車に荷物を積むのも自由自在だ。

「おお！　アタシを持ち上げてみてくれ！」

ララベルのリクエストどおりに胴体を掴んで持ち上げる。マジックハンドは微妙な力加減ができるので、生卵を掴んでも潰すことはない。天井近くまで上げられてララベルはきゃっきゃとはしゃいでいた。

「これでセラが荷物を運ばなくて済むわね」

リタがタンクに上がってきた。

「うん、これからはこのタンクの仕事だ。リタも操縦を覚えてよ」

僕は操縦席をリタに譲る。不安そうな顔をしながらもリタはコックピットに滑り込んできた。まずは前進と後進、左右への旋回を覚えてもらった。

三十分ほどの講習で全員がタンクの操縦方法を覚えた。そんなに難しいものでもないし、ダンジョンの壁にぶつけたところで苦情はどこからも来ない。これからはガンガン活用していくつもりだ。

「ねえ、ゴーレムだったらどんなのが相手でも、こんなふうに改造できちゃうわけ？」

ミレアの質問にハッとさせられた。

「わかんないけど、破損した機体を再利用することは基本的に可能だと思う」

「つまり、手下をいっぱい作れるってことよね？」

命令を聞かせることができるかどうかはわからない。でも、人間への攻撃性を書き換えればなんとかなるのかな……。

「自律回路をいじることができればあるいはね……」

「それってつまり、セラがダンジョンの覇者になれるってことじゃない？」

「そ、そうなのかな？」

「そうに決まっているじゃない。そして、それは……」

「それは？」

「私がダンジョンの女王になるってことを意味しているわ！」

「なんでそうなるのよっ！」

僕の代わりにリタがツッコんでくれた。覇者うんぬんはともかく、ゴーレムたちを配下にできればダンジョンの探索はずっと楽になるはずだ。というよりも、魔結晶の採取をゴーレムに任せてしまえば人間への被害はずっと少なくなるだろう。この先、ダンジョンで命を落とす人はいなくなるかもしれない……。

「ちょっと試してみようか？」

「だったらいいゴーレムがいるわよ」

僕らはミレアの案内でさらなる奥地に進んだ。

◇

物陰からそっと頭を出すと四体のゴーレムが巡回している様子がよく見えた。

「あれよ。なかなか使えそうでしょう？」

ミレアが教えてくれたのは騎士のゴーレムだ。騎士のゴーレムと言っても馬型に人型のゴーレムが乗っているわけではない。ケンタウロスのように下半身が馬で胴体から上に人の上半身がついている。全体が丸みを帯びた金属の造形でいかにも強そうである。武器は長い槍を持っていた。

「どう、改造できそう？」

「遠過ぎてスキャンが使えないな。もう少し寄ってみるからみんなはここで待っていて」

タンクを改造したときにわかったのだけど、ゴーレムは人感センサーを搭載していた。赤外線や音波、可視光などを利用しているので、ターンヘルムで姿を消しても気が付かれるだろう。でも三百六十度すべてが見えているわけじゃない。死角はどこかにあるはずなのだ。僕は天井に張り付いてゴーレム騎士の後ろからそっと近づいた。

『スキャン』発動
対象：ポピュラーナイト　人馬一体型のゴーレム。移動速度は最大で時速四十キロにもなる
得意技：槍による直接攻撃　弱点：頭部への雷撃
戦闘力判定：Bプラス

騎兵というのは機動力と破壊力で恐れられる兵種だ。ただし防御力が低いのが難点とされている。特に馬への攻撃に弱い。鎧で防備を固めた騎馬もあるけれど、その場合は機動力が失われる。ところがこのポピュラーナイトは馬も人も金属製だ。

はっきり言って無敵じゃないのか？　魔法は使えないようだけど、トップスピードから振るわれる槍は恐ろしい。こんなのが何体もいたら全滅は必至だ。ただ雷撃というのはゴーレムに共通する弱点のようでもある。だったらそこをうまくついていこう。

僕はそっと仲間の元へ戻った。

「攻略できそうか？」

シドが身を寄せてくる。

「なんとかなると思うよ。新しい武器が必要だけど……」

「その程度でなんとかなるのか？」

「やるだけやってみる」

その日の探索はそこまでにして、僕らは安全地帯を構築して休憩した。みんなが宿営や食事の準備をしてくれている間に、僕は新しい武器を作製する。

最初に用意するのは特殊なワイヤーだ。これは鮫噛剣にも使われているもので、魔力を流すと伸び縮みする。このワイヤーを何本も編み込んで太いロープを作った。それを紫晶と黒晶などを組み込んだ柄に取り付けていく。

「新しい武器って鞭のことなの？　ずいぶんと短いわね」

大きな鍋を抱えたリタがやってきた。鍋の中ではゆでたてのトウモロコシが湯気を上げている。

「短くないさ。サンダーウィップはこんなふうに使うんだ」

振り下ろすと同時に魔力を込めると七十センチくらいしかなかった鞭は五メートルほど伸びて壁を弾いた。

「すごい！」

「理論値で言うと最大で三百メートルは伸びるんだよ。そのぶん魔力は膨大になってしまうし、鞭の直径も細くなっちゃうけどね」

そうなれば攻撃力は皆無となる。

「これでゴーレムを捕まえられるの？」

「うん。ここにボタンがついているでしょう？　ここを押し込むと……」

ワイヤー部分に強い雷撃が流れた。

「あらステキな武器じゃない。ダンジョンの女王たる私にふさわしいわ」

ミレアはまだ言っている。

「これは僕が使うから駄目だよ。ミレアを危険な目に遭わすわけにはいかないからね」

「まあ♡　さすがは私の覇王様！」

ミレアのためだけを思って言っているわけじゃない。僕は自分の手でゴーレムを捕まえてみたいのだ。


翌日になって、僕は新しい武器を手に、ポピュラーナイトへ挑んだ。だけど、戦いは一筋縄ではいかなかった。

最初の一体は奇襲で倒したから比較的楽だったけど、残りの三体はうまく連携して、なかなか付け入る隙を見せない。サンダーウィップの攻撃もすべて槍で弾かれてしまった。

ドゴーーーーン！

突如後ろで爆発音が響いた。なんとデザートホークスが人型のゴーレムに襲われている。爆発音はララベルの投げたマジックグレネードだった。

「みんな！　クッ……」

助けに戻りたくても、背中を向けた瞬間に三本の槍が僕を突き刺すだろう。

「こっちは大丈夫だから、セラは自分の敵に集中して！」

リタの声が後ろから聞こえてくる。こうなったら一刻も早く敵を倒して救援に向かわなくちゃ。僕は地下七階を甘く見過ぎていたようだ。

槍の三連撃に頬と肩を浅く切られた。僕の放ったサンダーウィップは騎士の盾に阻まれてしまう。雷撃を流したので多少動きは鈍ったみたいだけど、流れを止めるまでには至っていない。

後ろでは爆音と剣戟《けんげき》の音がこだましている。みんなは無事か？　焦りが体を縛って、いつものように動かない。そんな心の隙を見透かすようにポピュラーナイトは僕を狙う。

いや、そうじゃない！　言ってみればこいつらはマシンだ。敵の感情を読んでいるのではなく淡々とプログラム通りに動いているだけなのだ。

「落ち着け、セラ」

どこかで聞き覚えのある声がした。上？　降り注ぐ冷気がポピュラーナイトの腕を凍り付かせる。さらに二頭の銀色の狼が両脇のポピュラーナイトに襲い掛かった。これは、メリッサの氷狼の剣！　攻撃するなら今しかない。

僕が伸ばしたサンダーウィップがナイトの首に絡みつき、強烈な雷撃が流れた。耳の部分から煙を出してポピュラーナイトは動きを止めてしまう。

「メリッサ！」

無表情でVサインを出すメリッサが天井からぶら下がっていた。

「まだ二体いる」

「僕はいいからみんなを助けてくれ、頼む！」

「安心しろ、あっちにも人は遣《や》った」

とてつもない破壊音がしてリタたちを囲む人型のゴーレムがはじけ飛んでいた。あれは爆砕の戦斧！

「ガハハハハハッ！　黒い刃が一刀、剛力のキャブル見参」

キャブルさんやタナトスさん！　黒い刃のメンバーもそろっている！

「さっさとここを片付けるぞ」

メリッサが一瞬だけ微笑んでくれた。

残りが二体になると、討伐はグッと楽になった。しかもメリッサのサポートまである。僕は余裕をもってポピュラーナイトを討ち取り、他のメンバーの救援に向かった。


「残りは貴様だけだ、覚悟しろ！」

キャブルさんが改造済みのタンクを攻撃しようとしているところだった。

「待って、キャブルさん！　それは僕のタンクだから！」

危ないところでキャブルさんの腕を捕まえた。

「若君のタンク？」

「僕が改造して使っているの」

「なんと！　若君はゴーレムをも使役しますか？　これでグランベル王国もますます安泰でござる。うぅっ……」

キャブルさんは大げさ過ぎるよ。僕はメリッサに向き直った。

「ありがとう、助けてくれて」

「礼などいい」

メリッサは淡々と話していたけど、ちょっぴりだけ照れているのが僕にはわかる。

「ちょっと、セラは氷の鬼女と知り合いなの？」

メリッサと話していると、ミレアが僕の肩に手をかけながら割って入ってきた。

「ミレア・クルーガーか……」

二人は顔見知りのようだ。

「私はセラの許嫁だ」

「はあっ？　どういうことよ⁉」

「説明すると長い」

またこのくだりですか……。

「メリッサ、そのことは先日……」

「わかっている。ミレア・クルーガーを驚かせてみたかっただけだ」

さては、人が驚くことに密かな喜びを感じ始めたな。ミレアは理解が追い付いていないようだ。

「つまりどういうこと？」

「えーと、話は本当だけど親同士の取り決めなんだ。だから保留中って感じかな」

「そう言うわけだ。セラに馴れ馴れしく触るなよ。私の男だからな」

淡々としているけど目が本気だった。

君子危うきに近寄らず、というわけではないが、僕は二人を無視して動かなくなったゴーレムに近づいた。使えるかどうかを調べたい。一体一体丁寧に調べたけど、どれも再利用が可能だった。

ゴーレムたちの自律的な攻撃性を取り除き、簡単な命令を覚えさせた。『待て』『ついてこい』『目標を攻撃』『戻れ』『防御』などで、犬に命令をするような感じで言うことをきかせている。百四十ワードくらいは理解できるので、今後の活躍に期待したい。

また、ポピュラーナイトは騎乗できるようにもした。これによってデザートホークスの機動力が大いに上がったぞ。ただ、ゴーレムは魔結晶をエネルギー源としているので定期的に与えなければならない。そのせいだろう、この階には魔結晶があまり落ちていないのだ。きっとゴーレムたちが食べてしまったのだと思う。

その夜は黒い刃と一緒に露営した。小部屋を封鎖して安全地帯を作り、食事や情報を分け合うことができた。夕食も終わり、僕はメリッサと黒い刃の装備を『修理』している。

「ずいぶんと激しい戦闘をしたみたいだね」

剣や槍は刃がボロボロになっていたし、鎧も傷だらけだ。

「地下七階は予想以上だった」

金属でできたゴーレムを相手にすれば、装備がここまでひどい状態になってもおかしくない。黒い刃くらいになると遠征中に修理をするために野鍛冶の道具は持っている。だけど、それでは追い付かないくらい損傷が激しいのだ。

「実は聖杯を見つけた」

メリッサはとんでもないことを打ち明けてきた。

「本当なの？」

「セラに嘘は言わない」

僕もそう思う。メリッサは僕に嘘をつかない。

「もう手に入れたってこと？」

「いや、撤退した。聖杯を守るゴーレムが強過ぎたのだ」

メリッサと黒い刃を退けるだなんて、相手はどれだけ強いんだ!?

「セラ……明日見せたいものがある。付き合ってくれないか？」

「いいよ、午前中にみんなで行こう」

「いや、二人だけで行きたい」

メリッサは思いつめたような目をしている。きっと大切な理由があるのだろう。

「わかった。二人だけで行こう」

そのように返事をするとメリッサは納得したように頷き、それ以上はなにも話さなかった。


翌日、僕とメリッサは約束通りみんなとは別行動をとった。見せたいものというのは地下七階の中心部にあるそうだ。何があるかはまだ聞いていないけど、かなり重要なモノらしい。ゴーレムとの戦闘は避けて、ひたすら道を急いだ。

「着いた」

目の前には大きな両開きの扉がある。扉の高さは五メートルくらいあるだろう。重そうな鉄の扉だったけど、力を込めて押すと内側に開いた。

「まるで巨大プラントだ……」

僕は目の前の光景につぶやいてしまう。部屋の中はびっしりと機械で埋め尽くされていたのだ。特に部屋の中心にある設備は大きく、天井に届かんばかりだ。しかもその機械は地下深くまで続いていて全貌はよくわからない。

「こっち」

メリッサは機械の横につけられた階段を下りていく。ブーツの底が階段に当たって高い金属音を鳴らした。

五十段もある階段を下り切ると制御室のような場所になっていた。メリッサが僕を見つめながら尋ねてくる。

「セラならこの機械がどういうものかわかるんじゃない？　教えてほしい」

「わかった……」

『スキャン』発動

対象：デザートフォーミングマシン　地下水脈から水を汲み上げ土魔法の力で土壌改良もする。範囲地域はマシンを中心として半径二十キロメートル

起動エネルギーとして聖杯を必要とする。

デザートフォーミングマシンとは砂漠を人の住める地にするための物か。僕はメリッサにありのままを説明した。

「やはりそうだったか……」

「やはりって、メリッサはここのことを知っていたの」

「少しだけ。もともとここはグランベル王国の土地だったから」

「この機械はグランベル王国が作ったの？」

メリッサは首を横に振った。

「そんな技術を持つ国はどこにもない。ここを作ったのはおそらく古代人だろう」

そういえばダンジョンは古代遺跡だという人もいたな。

「エルドラハが見つかったのも偶然だったのだ。飛空艇の事故による不時着陸が原因だった」

調査隊が入って魔結晶が採取できることがわかり、この街が作られた。そして戦争が起こりグランベルは敗戦。エルドラハは帝国の所有となった。

「メリッサが知っているってことは、グランベル王国はデザートフォーミングマシンのことを知っていたんだよね」

「ああ、そうだ。おそらく帝国も知っている」

「だったらなんでこれを使おうとしなかったのかな？」

「理由は二つだ。ひとつは聖杯を守るゴーレム集団が強力過ぎたから。昨日私も戦ったが、無理をすれば黒い刃が全滅するところだった。聖杯の間から出てこないから助かったがな」

「もうひとつは？」

そう訊くとメリッサは力なくため息をついた。

「あの機械はダンジョン内の魔素を利用するらしい。もしもあれを動かせば魔結晶の採取率は三十％ほど減少すると言われているのだ」

「つまり、グランベル王国も帝国も人々の暮らしより、魔結晶を優先したっていうの!?」

「その通りだ」

もともとエルドラハに来るのは魔結晶をとる労働者だけだった。時代が進んで帝国の支配下に置かれた今では、住民は同時に囚人だ。いつだって権力者はそんな場所の環境をよくしようとは考えないのだろう。腹が立つけど想像はつく。

「それらのことを踏まえてセラに質問がある」

メリッサはいつになくソワソワとして落ち着きがない。何か心配事でもあるのかな？　僕は急かすことなくメリッサの言葉を待った。

「セラの夢は飛空艇に乗ってエルドラハから出ていくことだったな？」

「うん。それが僕の小さい頃からの夢だよ」

「では、もし聖杯を手に入れたら、セラはそれを帝国に差し出すか？」

メリッサの心配はそれか……。

「メリッサはデザートフォーミングマシンを動かしたいんだね？」

メリッサは決然とした顔つきで頷いた。

「聖杯とは巨大な高純度魔結晶のことだ。利用価値が高いので誰もが欲しがっている。手に入れれば間違いなく帝国市民権を得られるだろう」

その代わりエルドラハは今まで通りか……。頭の中に近所の人々の顔が浮かんだ。嫌な奴もいっぱいいたけど、僕を助けてくれた人もいっぱいいた。死と隣り合わせの生活だったけど、人生を諦めたくなるほど最悪な場所でもなかった。

「もしセラが聖杯を使ってデザートフォーミングマシンを起動させるのなら、聖杯の間の場所を教える。黒い刃はセラに全面的に協力する。私も……」

何かを言いかけてメリッサは言葉を呑み込んだ。そして今度は胸が痛むかのように、苦悶の表情で言葉を吐き出す。

「だが、セラが帝国に聖杯を差し出すのなら……、私たちの関係はこれまでだ」

メリッサは責任感の強い人だ。ここには旧グランベル王国の領民もたくさんいる。その人たちを差し置いて、自分だけ楽な生活を送るなんてことはできないのだろう。

僕も決めなくてはならない。自分の夢を実現させるか、人々の生活を優先させるかを。旧グランベル王国伯爵家の跡取りだなんて関係ない。これはセラ・ノキア個人の問題だ。

「メリッサ……デザートフォーミングマシンを動かそう」

「……本当に?」

「うん、そっちの方が楽しそうだもん」

「よかった……」

メリッサの瞳から二筋の雫が流れ落ちた。僕にとっては青天の霹靂だ。

「ど、どうして……」

「う。うう……、えーん、えーん」

あのメリッサが声を上げて泣いている？

「もう泣かないで」

「えーん、えーん」

よほど思い詰めていたのだろう。僕と袂《たもと》を分かつのはそんなに苦しかったの？　どうしていいかわからなくて僕はメリッサを抱きしめた。でも、やっぱりメリッサはそのまま泣き続けていた。


僕の考えは決まったけど、他のメンバーの気持ちも確かめなければならない。リタだってずっとエルドラハから出ていきたいと言っていた。シドはどうだろう？　ララベルは親が監獄長だもんな……。ミレアは？

話が決裂すればデザートホークスの解散も考えられたけど、ことは案外スムーズに動いた。

「私もデザートフォーミングマシンを動かしたいな。それはそれで夢があるじゃない」

と、リタ。

「なんでもいいぜ。それより早く帰ってビールを飲ませてくれよ」

シドにはずっとビールを作ると約束していた。

「アタシと親父は別さ。アタシはセラの考えを支持するぜ」

ララベル。

「お姉さんはね、セラさえいてくれればそれでいいの。だから、たまに血を吸わせてね。今晩どーお？」

これはミレアだ。

「ありがとう、みんな。お礼と言ってはなんだけど、みんなが傷ひとつ負わないように僕は頑張るよ。完璧な作戦を立ててるからね！」

メンバーが快く聖杯をデザートフォーミングに使っていいと言ってくれて僕は感動した。仲間たちのためなら命だってかけられる。メリッサの話によると聖杯の間は特に強力なゴーレムたちが守っているそうだ。

「部屋の両脇には十二闘神のような様々な武器を持った巨大なゴーレムが並んでいて、その動きは達人の域だ」

十二闘神はそれぞれ、剣、槍、杖《じょう》、斧、槌《つち》、弓、棍《こん》、薙刀《なぎなた》、鞭《べん》、鎌、短剣、輪《りん》を持つ戦の神だ。

「しかも、その奥には十二闘神を率いる戦神タロスのゴーレムが控えていて、聖杯は奴が守っている」

黒い刃とデザートホークスを合わせても四十五人。その数でゴーレムたちを倒すのは難しいだろう。

「みんな、僕に三日ちょうだい。三日でなんとかしてみせるから」

作戦を説明して、僕はみんなに協力を求めた。

7　決戦

「ぐわはははははっ、若君！　これは中々壮観な図でございますなあ！」

ダンジョンの壁にキャブルさんの大声が響いている。魔物の襲来を警戒して声を落とす必要はもうない。なぜなら、この区域のゴーレムは全部捕まえてしまったからだ。いま、目の前に並んでいるのは百五十体を超えるゴーレムの軍勢である。

タンク型やポピュラーナイト、人型に鳥型なんていうのもいる。全部僕らで捕まえて、修理と改造を施した。今では僕らの忠実なしもべになっている。

「ゴーレムの指揮はタナトスさんにお願いします」

「承知しました」

タナトスさんは元近衛騎士団長だから集団戦に長けている。ゴーレム部隊と他のみんなが十二闘神と戦っている隙をついて、僕、メリッサ、ミレアが弱点である雷撃攻撃をするのだ。

なんでこの三人が遊撃隊かと言えば戦闘力が高いから。僕はＡプラス（地下七階にきて上がっていた）、メリッサもＡプラス、ミレアもＡマイナスだ。決戦前に正直に打ち明けて強さを見せてもらったのだ。

「そんなに遠慮することないのよ。セラだったら裸だって見せてあげるんだから」

ミレアが冗談とも本気ともつかないことを言って僕を困らせる。

「それでは出発しましょう。みなさん、聖杯を手に入れますよ！」

「おう‼」

人々の鬨《とき》の声が僕の背中を押してくれた。

◇

突入前にシドと二人で偵察に出かけた。メリッサから詳細は聞いていたけど、自分の目で内部の様子を確かめておきたかったのだ。僕らは入り口の際まで歩み寄り、鏡を使って内部の様子をうかがった。

聖杯の間は神殿のような作りで静まり返っている。学校の体育館ほどの広さで、壁の両側に六体ずつゴーレムが等間隔で立っていた。今は石像のように動かないけど、部屋に侵入者があれば全力で排除しようとするそうだ。

奥の方に高い場所があり、そこにこの広間の主であるタロスが座っている。すぐ横の台座の上には巨大な金の聖杯が輝いていた。

「ありゃあ高純度の金晶だぜ。あんな大きなのは見たことがない」

聖杯に目をとめたシドが囁いた。僕は手前のゴーレムを調べる。

『スキャン』発動
対象：杖の闘神　全長三m八十四cm
杖術のマスター
絶縁体コーティングされており、他のゴーレムに比べ雷撃攻撃が効きにくい
戦闘力判定：A

他の闘神も調べたけど戦闘力判定はすべてAだった。こちらのゴーレムは百五十体だけど、そのほとんどがBかC判定である。戦力としてはほぼ拮抗《きっこう》か……。個の力よりは組織力だと思いたいけど、相手は十二体だ。それにタロスという大物も控えている。

『スキャン』発動
対象：タロス　全長四m十二cm
格闘技のマスター　武器は持たず、己の肉体のみで闘う
絶縁体コーティングされており、他のゴーレムに比べ雷撃攻撃が効きにくい
戦闘力判定：S

戦闘力判定はSでAプラスの僕やメリッサを凌駕する。SとAの間にはたしてどれくらいの差があるのだろうか？　仲間たちと最終的な戦略を立てるために、僕らはそっと引き返した。

◇

戦闘前にスキル『料理』を使って、能力の上がるランチを作った。とっておきの金晶を配合して、全体的なステータスアップを望めるフカヒレスープだ。効果の持続は二時間だけど僕の戦闘力判定はSマイナスまで上がっている。これならいけるだろう。

戦いは昼から始まった。僕らがとった戦術は単純だ。敵を複数で囲み各個撃破する、である。この作戦のキモは、ただでさえ強い敵を連携させないに尽きる。よって、戦力の逐次投入はない。僕らは聖杯の間に配下のゴーレムたちを一気に突入させた。

戦いに当たり、デザートホークスや黒い刃の武器にはすべて雷属性を付与した。頭部に絶縁体コーティングがされているとはいえ、ゴーレムの弱点は雷撃に他ならない。数の力で身動きを取れなくして、地道に雷撃を叩き込むのが手っ取り早い。

だが十二闘神は強く、戦いは難航した。先陣を切ったポピュラーナイトが次々と討ち取られていく中で、ようやく僕のサンダーウィップが杖の闘神の首に巻きつく。すかさず最高出力の雷撃を送ると杖の闘神の動きが鈍くなった。

「今だ！」

シドのマテリアルクロスボウがサンダーボルトを連射する。続いて躍り上がったリタの剣が紫電を放ちながら杖の闘神の眉間を傷つけた。バリバリと音が鳴り響き、杖の闘神の巨体が前のめりで沈んだ。

「リタ、怪我はない？」

「私は大丈夫。それよりも次を！」

いちばん近くの戦闘に目をやると、槍の闘神を囲んでいたタンクタイプが胸を突かれて沈黙しているところだった。早く救援に向かわないとあそこの隊は全滅しそうだ。だけど混戦の中をメリッサが僕のところまでやってきた。

「セラ、うちの治癒師の魔法が追い付かない。あれの相手は私がするから、怪我人の治療を頼む」

「メリッサ一人で大丈夫？」

心配する僕だったけど、頭上からミレアに声をかけられた。

「地味子ひとりじゃ不安だけど、私がいるから大丈夫よ」

メリッサとミレアのコンビ？　決して仲がいいとは言えないけど、実力的にはツートップだ。連携さえうまくいけば手の付けられないくらいの強さを発揮するだろう。

「仲よくやってね」

「努力する」

「後でご褒美をお願いね」

メリッサとミレアは競うように槍の闘神へと向かっていった。

戦いが始まってから一時間が経過した。聖杯の守護者たちは強力で僕らは苦戦を強いられている。だけど、あることがきっかけで潮目が変わった。討ち取った杖の闘神に『修理』と『改造』を施し、前線へ投入したのだ。

時間がなかったので細かい指示を出せるほどの改造はできていない。でも『剣の闘神を倒せ』という指示だけを与えて送り出すと、戦況は一変した。

本来であれば剣の闘神と杖の闘神の力量は互角だ。けれども、杖の闘神には僕たちのバックアップがある。さほど時間もかけずに剣の闘神を抑え込んでしまった。杖術には捕縛の技があるのもよかったのだと思う。すかさずリタとタナトスさんが頭部に雷撃を与えて、剣の闘神は沈黙した。

こうなればこっちのものである。杖の闘神には斧の闘神を捕まえるように命令を出し、僕は剣の闘神の『修理』と『改造』に乗り出す。やがて、剣の闘神も僕らの傘下に入ると、戦況は加速度的に僕らの有利に進んだ。

すでに配下のゴーレムたちは十二闘神を分断している。そこに味方になった闘神を複数送り込むのだ。決着はあっという間だった。

「そろそろタロスを討ち取ろう！　みんな、ついてきて」

僕はデザートホークスとメリッサ、それから杖の闘神、斧の闘神、槍の闘神、剣の闘神を引き連れてタロスを囲んだ。タロスの戦闘力がS判定でも、これだけの人数がいれば勝機はじゅうぶんあるはずだ。

タロスは戦闘神の頂点に君臨するだけあって強かった。武器を持たないのに他の闘神を上回る強さを持っているのだ。剣の闘神の攻撃をかわし、神速の踏み込みでステップインすると見えない速度のショートアッパーが鋼のゴーレムの巨体を浮かせていた。同時に後ろ蹴りが杖の闘神の胸を突く。

「なんて動きなんだっ⁉　隙を突く暇もねえっ！」

マテリアルクロスボウで狙いを定めているシドが右往左往している。それを守るリタも固唾を呑んで闘神たちの戦いの成り行きを見守っていた。

「無理をしないで。決定的なチャンスは必ずやってくる。それを見逃さないように注意していてね！」

剣の闘神が動かなくなってしまったので僕が代わりに包囲陣に参加した。唸りを上げて襲い掛かる拳や蹴りをなんとか受け流して隙を探る。防御に徹していればギリギリながら攻撃は捌けるのだ。

タロスの放ったローキックを横に受け流した。その瞬間にわずかだがタロスの重心がぶれる。すかさず三体の闘神が攻撃を仕掛けると、タロスの注意は周囲の闘神に向けられた。頭上を飛ぶミレアには気が付いていないようだ。

「！」

ミレアは無言で剣を構えたまま急降下する。だけど、タロスはその攻撃にさえ反応してしまう。天高く振り上げられた足がミレアを直撃した。ミレアは大きく弾かれて広間の壁に激突する。タロスの足はそのままかかと落としの形となって槍の闘神の頭を砕いた。

一瞬にして二人の仲間がやられたのだが、さすがに大きな隙ができた。僕はタロスの背中に飛びつき首に足を絡めた。そうやって落ちないようにして両手にはめた雷撃のナックルをタロスのこめかみめがけて振り下ろす。バチバチと唸る雷撃にタロスが立ち尽くすと、シドやリタの攻撃がこれに加わった。

三十秒ほどの時間が流れ、エネルギー源の魔結晶がなくなり、雷撃がやむと辺りが静かになっていた。タロスは立ったまま動かない。

「タロスを討ち取ったぞ！　僕らの勝利はほぼ確定だ。一気に押し込めっ！」

まだ薙刀、輪、槌の闘神が残っていたけど仲間たちの士気は大いに上がった。ここを制圧するのも時間の問題だろう。でも、タロスも十二闘神も強かったな。あれだけいた味方ゴーレムだけど、まともに動けるのは二十%も残っていない。すべて闘神たちに倒されてしまったのだ。デザートホークスと黒い刃だけで挑んでいたら被害はとても大きくなっていただろう。

「ミレア！　ミレア、どこにいるの⁉」

僕は吹き飛ばされたミレアを探した。

「セ……ラ……」

がれきの下から微かな声が聞こえる。崩れた壁の下敷きになっているようだ。岩をどけていくと血まみれのミレアが見つかった。

「恥ずか……しいから、あんまり……見ないで……」

ミレアの左肩から下がなくなっていたし、お腹は破裂して内臓が飛び出していた。

「すぐに『修理』するからね」

僕はお腹に手を当ててスキルを展開する。

「セラ……」

かすれる声でミレアが僕を呼んだ。ほとんど聞き取れないほどその声は小さい。僕は『修理』をしながらミレアの口元に耳を近づける。

「どうしたの？」

「お願い……セラの血をちょうだい。くれたらもう死んでもいい……」

「バカ、生きるために吸うんだろう？」

「そう……だったわね……」

僕はさっと周囲を見回した。戦闘はまだ続いていて、こちらに注目している人はいない。

「いいよ」

「えっ……？」

「そのまま首を噛める？」

「…………大好き……」

チクリとした痛みが首筋から伝わった。でもそれは、すぐに寒気と快感が入り混じった感覚に置き換わってしまう。治療をしているだけなのに、イケナイことをしているような、背徳感が込み上げてきたのだ。

これがヴァンパイアの力？　修理をかけている僕にはよくわかる。ミレアの体がびっくりするくらいのスピードで回復していく。ほどなく、失っていた左肩も綺麗に再生してしまった。

「やっぱりセラの血は特別ね。こんなに力が湧いてくるなんて初めてよ」

ミレアは赤い舌で唇を舐めながら笑った。

「うん……」

ミレアの顔が妖艶でぼくはドギマギしてしまう。

「また吸わせてね」

「必要があったらね。……もう行かなきゃ」

僕は残党を制圧するために立ち上がった。でも本当はここにいるのが気まずかったという理由の方が大きい。だって、血を吸われたときの快感はなんだかエッチで、恥ずかしくなってしまったからだ。ミレアの顔をまともに見ることもできず、僕はごにょごにょと別れを告げて走り出した。

◇

十二闘神とタロスを倒した僕らは、ついに聖杯を手に入れた。聖杯は優勝トロフィーみたいな形をしていて、カップの直径は五十センチにもなる。すべてが高純度の金晶でできていたので、一人で持ち上げることさえ難しいくらいに重たい。僕は一トンのレッドボアでさえ担げるのにだ。

「タロス、斧、槌、盾、は協力して聖杯を持ち上げて」

タロスたちに手伝わせて聖杯をデザートフォーミングマシンの部屋まで運び、所定の位置にセットした。

「よし、あとは装置を動かすだけだ。メリッサ、お願い」

「うん……」

メリッサが大きなレバーを引くとデザートフォーミングマシンは低い唸りを上げて動き始め

た。床に散らばる砂が振動で飛び跳ねている。コントロールパネルに光が灯り、地下水が少しずつ汲み上げられている様子が映し出された。地上に水が届くまではあと三日かかるようだ。

「メリッサたちは先に戻っていてよ」

「セラは？」

「ゴーレムたちの修理と改造をしていくよ。デザートフォーミングマシンを守らせるんだ」

十二闘神とタロスは念入りに『修理』と『改造』を施して、ここを守ってもらう予定だ。デザートフォーミングマシンを起動したことによって魔結晶の採取率が下がるので、帝国がちょっかいを出してくるかもしれない。

「わかった。先に戻っている。予定通りデザートフォーミングマシンのことはとぼけておく」

僕らは自分たちがデザートフォーミングマシンを起動したことを宣伝しないことにした。帝国と表立って衝突したくはないからね。デザートフォーミングマシンと僕らは無関係、そういうことにしておくのだ。

「そのためにも守護者《ガーディアン》は必要でしょう？　僕は壊れたゴーレムも全部直してから地上に帰るよ」

十二闘神の装備を僕が改造すれば更なるパワーアップもはかれるだろう。そうすれば帝国だってそうそう手は出せない。

そもそもエルドラハと帝国本土の間には広大な砂漠が横たわっている。大軍を送ってくるのは不可能だから、守るのはたやすい。対馬《つしま》海峡の幅は二百キロくらいだったかな？　おかげで近代まで日本は他国に支配されることがなかった。それと同じことだ。

◇

一週間後、地上に戻った僕らを監獄長の放送が出迎えた。

《聞け、クズども。またもや魔結晶の採取率が下がっている！　水浴びなんぞにうつつを抜かしているせいだ。本日よりグランダス湖での水浴びをすることを禁じる！》

デザートフォーミングマシンのおかげでエルドラハに湖ができたようだ。しかも監獄長は自分の名前を勝手につけている⁉　まあ、名前にはこだわらないからなんでもいいけどね。

「あら、湖なんてステキね。お姉さんの水着姿を披露しちゃおうかしら？」

サングラスに白いマントで全身を覆い、頭には大きな帽子を載せたミレアが調子づいている。すべて僕が作った紫外線をカットするための服だ。これがなければヴァンパイアは秒で燃える。

「死んでも知らないよ。僕の日焼け止めはそこまで完璧じゃないんだからね」

「うっ……、水着姿は月夜の晩までとっておきますか……」

「だったらアタシと泳ごうよ！」

ララベルが元気に誘ってきた。

「さっきの放送を聞いただろう。親父さんに叱られるんじゃないのか？」

「ケッ、親父なんて関係ないよ！」

反抗期だなあ。でも、久しぶりの地上は本当に暑い。白熱した太陽はじりじりと肌を焼き付けて、ミレアじゃなくても火傷してしまいそうだ。

「そうだよなあ、監獄長は横暴すぎるよ。湖はみんなのものなのに。……よし、泳ぎに行こうか！」

僕らは荷物を置いてグランダス湖に向かった。

湖に近づくにつれ人々の喧騒が大きくなってきた。思ったよりも大勢が湖に来ているようだ。みんな監獄長の言うことなんてまともに聞く気はないのだろう。冷たい水辺があるのなら、そこで休みたいというのは本能だ。休息をとってから採取に行った方が作業効率だって上がるだろう。

だけど様子がちょっとおかしい。骨休めというにはうるさ過ぎた。水の畔《ほとり》ではなにやら言い争いが起きているようだ。どうやら湖に遊びに来た住人と監獄長の手下がいざこざを起こしているようだった。

「少しくらいいいじゃないか。こちとら水遊びなんて生まれて初めてなんだっ！」

一人が声を上げると、周りの人間がそうだそうだと同調する。それに対して監獄長側は横柄だ。

「湖に入るのはまかりならん。これは監獄長の命令だ。さっさとダンジョンで魔結晶をとってこい！」

「少しくらい休んだっていいじゃないか。俺はダンジョンから戻ってきたばかりだぞ！」

「何の権利があって湖を閉鎖するんだ！」

人々の文句に兵士たちは苛《いら》ついたように剣を抜いた。

「いいかげんにしないか！　体にわからせてやってもいいんだぞ」

兵士たちが武器を構えると、人々は恐ろしくて一歩後ろに下がってしまった。

一般的な住民の戦闘能力はE～Dマイナスくらいが平均だ。それに対して監獄長の直属部隊はD～C判定ほど。湖に詰めかけた住人は百人くらいいて、四十人くらいの兵士の倍以上はいる。でも戦闘になったら、あっという間に制圧されてしまうだろう。

せっかくエルドラハがオアシスになろうとしているのに、その水が血で染まるなんてばかばかしい。

「ちょっと、やめてください」

僕は一歩前に出た。

「おっ、銀の鷹だ！　銀の鷹が来てくれたぞ！」

あんまり頼られるのはいやなんだけど、人々は嬉しそうにまた一歩前に出た。今度は兵士たちが半歩下がる番だった。

「クッ、セラ・ノキアか……。どういうつもりだ？」

剣の切っ先が僕に向けられたけど、わずかに震えているのがわかった。ただ、僕だって争いたいわけじゃない。話し合いたいだけだ。

「湖を封鎖するってどういうことですか？　こんなに暑いのに」

「俺たちはそう命令を受けた。ここを通すわけにはいかない」

そうなんだよね、現場の兵士に文句を言ってもらちが明かないってのはよくあることだ。ここでクレーマーなら「責任者を呼べ！」ってなるんだけど、エルドラハの住人でそれを言う人はいない。だって監獄長のグランダスは恐ろしく、それは自分の死刑宣告書に自らサインをするようなものだからだ。

「わかりました、監獄長と話をつけてきます」

「俺と話をつけるだってぇ？」

水辺に張られたタープの陰から、大きな人影がぬっと立ち上がった。そのダミ声の主は間違えようがない。監獄長グランダスだ。押しかけていた住民は青ざめたけど、僕は心の声を素直に言葉にした。

「ずるいじゃないですか、自分ばっかり！」

「そうだぞ、親父！」

ララベルも僕と一緒に監獄長を非難する。監獄長は少しだけ困った顔になってから手招きした。

「仕方がねえな。お前たちもこっちに来て涼め。だが、他の奴らはダメだ」

それじゃあ意味がない。

「どうしてですか？　みんな一緒に楽しめばいいだけじゃないですか」

「採取率が下がると困るんだよ。小僧、ララベルのことがあるから大目に見ているんだ。あんまりつけ上がると痛い目に遭わせるぞ」

「水に入るくらいどうってことないでしょう？」

「てめえ……、どうあっても俺に楯突《たて》きたいようだな。狙いはララベルか？」

なんでそうなる!?

「違いますけど」

「いい度胸だ。娘を奪うために拳で語り合いたいと、こういうわけか」

監獄長は熱中症かな？　言語を理解しなくなったぞ。

「セラ、アタシのために親父と戦うんだね……」

患者が増えた。ララベルも早く水に入った方がいいな。

「だから違うって！」

「いいだろう、お前が俺に勝ったら好きにしろ」

「つまり、みんなが好きに水浴びをしていいということですね」

「水でもララベルでも好きにしやがれっ！」

「ララベルは関係ないです」

「これ以上の言葉は要らねえ！」

議論がしつくされたとは思えません！　だけど監獄長は本気だった。砂を蹴って三メートル近い巨体が僕に襲い掛かる。体重を乗せて放たれた打ち下ろしの右ストレートを僕はあえて受け止めた。

「なん……だと……」

僕の左手によって止められた拳はピクリとも動かない。

「水浴びは自由にやらせてもらいますよ」

監獄長の腕を取って懐に入り、ひねりながら背中越しに巨体を投げる。監獄長はしぶきを上げて水の中へ落下し、周囲に歓声が上がった。

「これで水浴びができますよ！」

人々は服のまま水に入り、初めて水に浸かる感覚に声を上げている。

「僕らも入ろうよ」

デザートホークスの仲間を促して僕も水に飛び込んだ。

「冷たーい！」

リタがはしゃぎながら水をかけてくる。シドは背中で浮かびながらうっとりと目を閉じた。

ララベルはなんだかモジモジしている。みんなが嬉しそうに水浴びを楽しんでいた。

これでよかったんだ。

そう実感できた。飛空艇を諦めた結果がこれなら、そう悪くない選択をしたのだと思う。帝都には行けなくなってしまったけど、考えてみれば僕はまだ十三歳だ。人生は長い。エルドラハを出て外の世界を見るチャンスはいつかやってくると思う。

「リタはこれでよかったと思う?」

一緒にここを出たがっていたリタに確かめてみた。

「わかんない。でも、セラが一緒だと退屈するってことがなくなったわ」

「うわっぷっ!」

リタは笑いながらまた僕の顔に水をかけた。彼女なりの優しさなんだと思う。僕もそれ以上考えるのをやめて、水の中で思いっきりはしゃいだ。砂漠にできた湖は美しかった。名前以外は完璧だった。

◇

数日が経って、ダンジョンに向かう僕の耳に監獄長の放送が聞こえてきた。

《聞け!　……じゃなかった。あ〜……セラ・ノキア君、この放送を聞いたら至急監獄長のと

ころまで来てください。繰り返します。セラ・ノキア君、この放送を聞いたら至急監獄長のところまで来てください》

セラ・ノキア君？　普段があれだから、こんな呼び方をされるとちょっとキモい……。でもなんだろう？　大切な用事があるようだ。まさか、先日の仕返しかな？　行こうかどうしようか迷っていたら、通りの向こうからララベルが走ってきた。

「おーい、セラ！」

「やあ、ララベル。聞いたと思うけど、監獄長から呼び出しを食らっちゃった。今日の採取は中止かな」

「それなんだけどさ、大変なんだよ」

「どうしたの？」

「今朝着いた飛空艇に帝国からの使者が乗っていたんだ。それでその使者がセラに会いたいんだって」

ひょっとして、地下のデザートフォーミングマシンを動かしたのがバレたのかな？　だとしたらまずいけど、僕が動かしたという証拠はどこにもない。たとえ責められても知らんぷりを貫こう。

「帝国の使者は僕に何の用かな？」

「なんでもセラに帝都まで来てほしいらしいぞ」

「ええっ⁉」

思わぬところで夢がかないそうだけど、これは大丈夫なのだろうか？　不安を抱きつつも僕は監獄長の館に急いだ。

つづく

あとがき

このたびは『覚醒したら世界最強の魔導錬成師でした　～錬金術や治癒をも凌駕する力ですべてを手に入れる～』をお買い上げいただきありがとうございました。読者の皆様とひとつの物語を共有できることは、作者にとっての多いなる喜びです。

私はウェブ出身のラノベ作家でして、書き下ろしのライトノベルを出すのは今回が初めての経験となりました。お話をいただいてから試行錯誤の連続でしたが、心躍る冒険譚が書けたと自負しております。読者の方々に楽しんでいただければ、これに勝る喜びはございません。

今回の作品は砂漠が舞台となりました。私は北極とか砂漠とか高地とか、極地を描くのが大好きです。砂漠ってそれだけでロマンがあるじゃないですか。すべてを吹き飛ばしそうな砂嵐とか、砂丘に沈む夕日とか、それを想像するだけでワクワクしてきます。

いつか本物のサハラ砂漠へ行くことが私の夢です。ラクダに乗ったり、バイクで旅するのもいいですよね。砂丘を超えるための大型トラックなんかもあるそうですよ。シルクロードの調査には、そういった車両が使われたようです。いずれにせよロマンが溢れていますよね。

ライトノベル作家をやっていて嬉しいのは、自分の作品にイラストがつくことです。今回の作品はすざく先生が担当してくださいました。眩しい太陽の下をイキイキと躍動するキャラクターたちを文章と共に楽しんでいただけることでしょう。個人的には特にメリッサがかわいくて仕方がありません！　皆さんの心にはどのイラストが刺さりましたか？　感想などをお寄せいただけると嬉しいです。

次巻ではセラたちデザートホークスが帝国の首都で活躍します。権力に縛られないセラはいつものように伸び伸びと世界を楽しむことでしょう。鋭意製作中ですので、楽しみにお待ちいただければと存じます。

長野《なが の》文三郎《ぶんさぶろう》

覚醒したら世界最強の魔導錬成師でした1
～錬金術や治癒をも凌駕する力ですべてを手に入れる～

2021年12月24日　初版第1刷発行

著　者　長野文三郎

発行人　菊地修一

編集協力　佐藤麻岐

編　集　今林望由

発行所　スターツ出版株式会社

〒104-0031　東京都中央区京橋1-3-1　八重洲口大栄ビル7F
☎出版マーケティンググループ　03-6202-0386
（ご注文等に関するお問い合わせ）

https://starts-pub.jp/

印刷所　大日本印刷株式会社

ISBN　978-4-8137-9113-3　C0093　Printed in Japan

［長野文三郎先生へのファンレター宛先］
〒104-0031　東京都中央区京橋1-3-1　八重洲口大栄ビル7F
スターツ出版（株）　書籍編集部気付　長野文三郎先生

グラスト
NOVELS

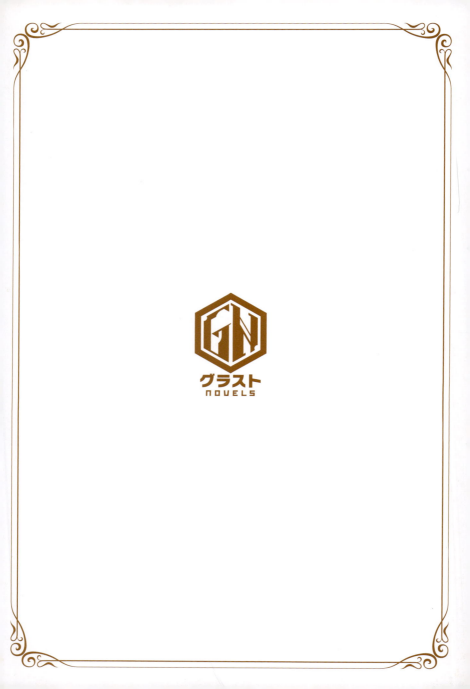